Ferdin Hofer

Zur Lehre von der Sinneswahrnehmung im vierten Buche des Lucrez

Antigonos

Ferdin Hofer

Zur Lehre von der Sinneswahrnehmung im vierten Buche des Lucrez

Unveränderter Nachdruck der Originalausgabe von 1872.

1. Auflage 2024 | ISBN: 978-3-38699-341-8

Antigonos Verlag ist ein Imprint der Outlook Verlagsgesellschaft mbH.

Verlag: Outlook Verlag GmbH, Zeilweg 44, 60439 Frankfurt, Deutschland
Vertretungsberechtigt: E. Roepke, Zeilweg 44, 60439 Frankfurt, Deutschland
Druck: Libri Plureos GmbH, Friedensallee 273, 22763 Hamburg, Deutschland

Zu der

öffentlichen Prüfung

des

Gymnasiums zu Seehausen in der Altmark

und zur Vorfeier des Geburtsfestes Sr. Majestät des Kaisers und Königs
und zur Entlassung der Abiturienten am 20. und 21. März 1872

ladet ergebenst ein

Director **Dr. Aug. Dihle.**

Inhalt:

1. Zur Lehre von der Sinneswahrnehmung im 4. Buche des Lucrez. Vom Gymnasiallehrer Ferdinand Höfer.
2. Schulnachrichten von Ostern 1871 bis Ostern 1872. Von dem Director.

Stendal 1872.
Druck von Franzen & Große.

Die Lehre von der sinnlichen Wahrnehmung im vierten Buche des Lucrez.

Erster Theil: vom Sehen (v. 1—521).

Wenn sich die jüngere Generation der Philologen so gern mit Lucrez beschäftigt, und wenn auch ich die Zahl der über diesen Dichter geschriebenen Arbeiten durch die meinige vermehre, so ist der Grund dafür wohl nicht allein darin zu suchen, daß Kritik und Exegese des Dichters noch an so vielen Stellen wie ein frisches Arbeitsfeld daliegt, während Homer, Ovid und andere Schriftsteller des Alterthums durch die jahrhundertlangen Bemühungen gelehrtester Männer durchforscht sind. Es ist die alterthümliche, einfache, herbe Schönheit der Sprache — trotz des ungünstigsten Stoffes, den je ein Dichter behandelte, überall hervorleuchtend —, es ist der grade zu unserer Zeit, in der so viele materialistische und mechanische Erklärungsversuche des Welträthsels sich hören lassen, doppelt interessante Stoff, es ist vor allem die aus dem Gedichte deutlich hervortretende Persönlichkeit des Dichters, was das Studium des Lucrez so anziehend macht. Aus dieser Persönlichkeit, die den Römer nicht verleugnet, und doch wieder, mit all ihrem Forschen und Sorgen nicht nur des Verstandes, sondern der innersten Seele um die letzten, werthvollsten Fragen des Menschen, einen so modernen Eindruck wie kaum eine andere des Alterthums macht, erklären sich zur Genüge die Veränderungen, welche die Philosophie des Epicur in dem Lehrgedichte des Lucrez erlitten hat. Die ernste Lebensanschauung und Lebensgewohnheit des Römers erträgt es nicht, daß nur der Zufall herrschen soll, und obwohl er vom Epicur, um die Entstehung der Welt aus den Atomen zu erklären, die willkürliche Abweichung der Atome von ihrer senkrechten Bahn angenommen hat, statuirt er doch eine gewisse Naturnothwendigkeit, eine „geheime Macht, welche die Ruthenbündel und Beile der Imperatoren so gern unter die Füße tritt".[1]) Hierin offenbart sich ein Rest jener echtrömischen religio, jener ehrfurchtsvollen Scheu vor einer höhern Macht, die er aus seinem Glauben und seiner Wissenschaft sonst verbannen will. Die Griechen, die ihre Götter in heiterm Spiel der Phantasie und Dichtung sich theils umgeschaffen theils neugebildet haben, geben den Glauben an die Macht derselben mit leichterm Herzen auf und legen sich eine neue Erklärungsart von dem, was uns umgiebt, sorgloser zurecht; man merkt es dem Epicur an, „ihn plagen weder Scrupel noch Zweifel". Lucrez aber, der ernsthaftere Römer, scheint immer noch Furcht zu haben, die Götter oder das Fatum möchten etwa dennoch in lebendiger Macht existiren und sich dafür, daß er sie entweder ganz beseitigt oder ihnen ein zwar bequemes, aber unrühmliches, ohnmächtiges Dasein gegeben, dereinst an ihm rächen. Und während Epicur wirklich alle Todesfurcht in sich beseitigt zu haben scheint, will

---

1) Bindseil, quaestiones Lucret. Programm des Anklamer Gymn. p. 27.

es uns bedünken, als ob in der tiefsten Seele des Lucrez eine zweifelnde Furcht vor dem Tode noch immer ruhe[2]). Grade deshalb tadelt er immer auf's neue den Glauben an die schaffende Macht und die Weltregierung der Götter, sowie die Furcht vor dem Tode; deshalb greift er überall die „abscheuliche“ Religion an, die so viele Gräuel unter der Menschheit zuwege gebracht; und wie ein Kind, das sich in dunkler Nacht die Angst vor einem unbestimmten etwas durch Singen vertreibt, preist er stets wieder in langen Declamationen den herrlichen, göttergleichen Epicur, der uns von der Religion, diesem Kindheitsgewande der Menschheit, befreit habe.

So wird es begreiflich, daß Lucrez, ein aufrichtiger und begeisterter Jünger derselben Philo= sophie, welche dem Epicur zu einer ruhigen Sicherheit des Wesens, zum heitersten und doch maß= vollen Genusse des Daseins verhalf, durch sie und trotz ihr im innersten Wesen von einer düstern Lebensanschauung erfüllt ist. Das alte, griechische Wort, von Epicur so sehr verdammt, daß es besser sei nicht geboren zu sein, einmal geboren aber sobald wie möglich zu sterben, giebt er als seine eigenste Ansicht wieder, wenn auch im Ausdruck ein wenig gemildert[3]). Auch jene Verse, welche die Nichtigkeit jedes Lebensgenusses wie des Lebens selbst so deutlich illustriren (III, 1082 „So lange wir nicht haben, was wir begehren, scheint es das beste zu sein; darauf, wenn wir es erlangt, be= gehren wir wieder ein anderes, und so peinigt uns, die gierig verlangenden, stets der gleiche Lebens= durst“), scheinen aus seiner eigenen Seele gekommen zu sein. Und in der That, wir finden ihn in eigenthümlicher, unbefriedigender Lage. Mit reichen, dichterischen Anlagen, aber zugleich mit lehr= haftem Temperament begabt, wählt er die für einen Dichter unglücklichste Aufgabe, ein philosophi= sches Lehrsystem zu einem Gedichte zu verarbeiten. Hier mußte er schließlich die Unzulänglichkeit seiner und jeder poetischen Begabung lebhaft fühlen. Das Ringen seiner alterthümlichen, noch wenig für den Ausdruck des abstracten Gedankens entwickelten Sprache mit der fertigen Philosophie des Epicur wird ihm stets erneute Mühsal verursacht haben. Dazu fehlten ihm wieder Kraft und Folge= richtigkeit des philosophischen Denkens, die ihn vielleicht überhaupt nicht zu Epicur, sondern zu Plato oder Aristoteles geführt haben würden. Rechnen wir hinzu, daß er, der treue Patriot, mit schmerz= erfüllter Seele seines Vaterlandes verderblichen Zustand sah, zu dessen Aufhebung er nichts beitragen konnte oder zu können vermeinte, so wird es uns erklärlich, daß er weder am Leben Freude hatte noch an sich selbst. Wir dürfen ihn cum grano salis zu jenen problematischen Naturen rechnen, von denen Göthe sagt, daß sie keiner Lage gewachsen seien, in der sie sich befinden, und denen keine genug thue; und daß daraus der ungeheure Widerspruch entstehe, der das Leben ohne Genuß verzehrt. Sollten diese trüben Lebensanschauungen, dieser Character des Lucrez nicht in wechselseitig=erklärendem und unheilvollem Zusammenhange stehen mit dem periodischen Wahnsinn, an dem er nach Hieronymus litt; und sollte seine „problematische Natur“ es gewesen sein, die ihn — bei den Epikureern eine Seltenheit — mit eigener Hand, wie dieselbe Quelle uns berichtet, sich den Tod geben hieß?

In der epikureischen Philosophie wie im Gedichte des Lucrez nimmt die Lehre von der sinnlichen Wahrnehmung eine wichtige Stellung ein, da das ganze System sich auf den Satz von der Untrüg= lichkeit der Sinne stützt. Epicur weiß wie die Stoiker nichts von angebornen Ideen, seine Philo= sophie ist wie die stoische eine sensualistische; und indem er mehr wie jeder andere Philosoph Dog= matiker ist und den Kern seiner Philosophie als etwas über allen Zweifel erhabenes betrachtet wissen will, vermag er doch diesen seinen sensualistischen Dogmatismus auf nichts anderes als auf ein

2) Reisacker, der Todesgedanke bei den Griechen c., Programm von Trier, am Schlusse.
3) V, 174 quidve mali fuerat nobis non esse creatis?

praktiſches Poſtulat, die Nothwendigkeit einer feſten Ueberzeugung für's menſchliche Leben zu ſtützen[4]). Denn wie wir ſpäter ausführlicher ſehen werden, Epicur kennt nichts, das uns ſtatt der Sinne eine ſolche feſte Ueberzeugung zu geben vermöchte. — Es verlohnt ſich alſo wohl der Mühe für das Stubium des Lucrez, dasjenige Stück ſeines Gedichts, in dem er die Lehre von der ſinnlichen Wahrnehmung darſtellt, genauer zu behandeln; es iſt bis jetzt, ſoviel mir bekannt, noch nicht im Zuſammenhange behandelt worden, ich habe alſo auf einigermaßen ungebahntem Wege zu gehen. Um den Anſichten des Lucrez und Epicur gegenüber einen vergleichenden Standpunkt zu gewinnen und einen Ueberblick darüber zu ermöglichen, in welcher Weiſe in der griechiſchen Philoſophie die Lehre von der ſinnlichen Wahrnehmung bis zu Democrit, auf deſſen Schultern Epicur auch in dieſem Stücke ſeiner Phyſik ſteht, ſich entwickelt habe, will ich zunächſt die bemerkenswertheſten Anſichten über die Sinneswahrnehmungen, welche bei den griechiſchen Philoſophen eben bis zu Democrit herab ſich finden, mit kurzen Worten aufführen.

Anaxagoras:

Die Sinneswahrnehmung wird durch den Eindruck des entgegengeſetzten hervorgerufen; denn gleichartiges kann von gleichartigem keinen Eindruck erleiden. Deshalb iſt jede Sinnesempfindung mit einem gewiſſen Gefühl von Unluſt verbunden, was wir deutlich erkennen, ſobald irgend ein äußerer Eindruck ſehr ſtark oder lange auf unſern Sinn wirkt. Wir ſehen, indem ſich die Gegenſtände in unſerer Pupille abſpiegeln, die Abſpiegelung findet aber nicht im gleichartigen, ſondern im verſchiedenen ſtatt. Die Augen ſind dunkel, darum ſehen die meiſten bei Tage. Auf dieſelbe Weiſe empfinden wir durch Gefühl und Geſchmack; was eben ſo kalt oder warm iſt wie wir, empfinden wir nicht; wir ſchmecken das ſüße mit dem ſauern in uns, und umgekehrt. Denn alle Stoffe ſind auch in unſerm Körper enthalten. Ebenſo verhält es ſich mit Geruch und Gehör; der Geruch entſteht durch Einathmen, das Gehör dadurch, daß die Töne in die Höhlung des Knochens eindringen, welcher das Gehirn umgiebt, und ſo bis zu dieſem gelangen. Die Sinnesorgane ſind aber nur Werkzeuge der Wahrnehmung, das wahrnehmende iſt der Geiſt. Die ſinnliche Wahrnehmung iſt unzuverläſſig, da wir mit den Sinnen die wirklichen Beſtandtheile der Dinge (die Homoiomerien) nicht erkennen. (Vgl. Zeller I, 826 ff.; Theophr. de sensu § 27 ff.) —

Diogenes von Apollonia (der jüngſte der joniſchen Naturphiloſophen):

Die Sinneswahrnehmungen geſchehen durch Berührung der warmen Luft, aus der die Seele beſteht, mit den äußern Eindrücken[5]): das Riechen vermittelſt der Luft in der Nähe des Gehirns, das Hören, indem die in den Ohren befindliche Luft von dem Schall bewegt wird und die Bewegung bis zum Gehirn (b. h. bis zu der im Gehirn befindlichen Lebensluft[6])) fortpflanzt, denn dies iſt geräuſchlos und von einer Beſchaffenheit, welche für das Hören geeignet iſt[7]); das Sehen, indem

---

4) Zeller, Philoſophie der Griechen, III a, p. 361, 2.

5) Zeller, I, p. 228.

6) Plut. Plac. IV, 16, 3 $\Delta\iota o\gamma\acute{e}\nu\eta\varsigma.$ $\tauo\tilde{v}$ $\acute{e}\nu$ $\tau\tilde{\eta}$ $\varkappa\varepsilon\varphi\alpha\lambda\tilde{\eta}$ $\acute{a}\acute{e}\varrho o\varsigma$ $\acute{v}\pi\grave{o}\, \tau\tilde{\eta}\varsigma$ $\varphi\omega\nu\tilde{\eta}\varsigma$ $\tau\upsilon\pi\tau o\mu\acute{e}\nu o\upsilon$ $\varkappa\alpha\grave{\iota}$ $\varkappa\iota\nu o\upsilon\mu\acute{e}\nu o\upsilon$ $(\tau\grave{\eta}\nu$ $\acute{a}\varkappa o\grave{\eta}\nu$ $\gamma\acute{\iota}\nu\varepsilon\sigma\vartheta\alpha\iota).$

7) Theophr. de sens. § 39 $\tauo\tilde{\upsilon}\tau o\nu$ $\gamma\grave{a}\varrho$ $\ddot{a}\vartheta\varrho o\upsilon\nu$ $\varepsilon\tilde{\iota}\nu\alpha\iota$ $\varkappa\alpha\grave{\iota}$ $\sigma\acute{\upsilon}\mu\mu\varepsilon\tau\varrho o\nu$ $\tau\tilde{\eta}$ $\acute{a}\varkappa o\tilde{\eta}.$ Dieſe Worte ſtehen in der Handſchrift zwar hinter dem Satze $\tau\grave{\eta}\nu$ $\mu\grave{e}\nu$ $\ddot{o}\sigma\varphi\varrho\eta\sigma\iota\nu$ $\tau\tilde{\varphi}$ $\pi\varepsilon\varrho\grave{\iota}$ $\tau\grave{o}\nu$ $\acute{e}\gamma\varkappa\acute{e}\varphi\alpha\lambda o\nu$ $\acute{a}\acute{e}\varrho\iota,$ und es iſt deshalb in den Ausgaben $\acute{a}\nu\alpha\pi\nu o\tilde{\eta}$ für $\acute{a}\varkappa o\tilde{\eta}$ geſetzt worden; ſie haben aber, und zwar unverändert, ihren richtigen Platz weiter unten hinter den Worten $\tau\grave{\eta}\nu$ δ' $\acute{a}\varkappa o\grave{\eta}\nu$ $\ddot{o}\tau\alpha\nu$ $\acute{o}$ $\acute{e}\nu$ $\tauo\tilde{\iota}\varsigma$ ..... $\pi\varrho\grave{o}\varsigma$ $\tau\grave{o}\nu$ $\acute{e}\gamma$-

die Gegenstände sich in der Pupille abspiegeln, und dann die inwendige Lebensluft mit dieser in Berührung tritt; das Schmecken durch die Zunge vermittelst ihrer porösen und zarten Beschaffenheit.

Alcmaeon[8]) (Arzt in Croton, von den meisten zu den Pythagoreern gerechnet, von Aristoteles nicht): Alle lebenden Wesen haben Sinnesempfindungen; der Mensch allein hat ein Bewußtsein derselben. Der Sitz des regierenden Theils der Seele (des ἡγεμονικόν) ist im Gehirn, zu dem die Sinnesempfindungen durch Kanäle sich fortpflanzen; deshalb gehen die Sinnesempfindungen verloren, wenn das Gehirn erschüttert wird und seinen Platz verändert. Wir hören mit den Ohren, weil in ihnen ein leerer, hohler Raum enthalten ist, in dem die Luft widerhallt. Mit der Nase ziehen wir beim Athmen die Gerüche bis zum Gehirn herauf. Mit der Zunge schmecken wir, weil ihre Weichheit und Wärme die Dinge schmelzen macht, und weil sie den Geschmack vermöge ihrer porösen Beschaffenheit aufnimmt und weitergiebt. Die Augen sehen vermittelst des sie umgebenden Wassers; inwendig aber ist Feuer, denn es sprüht aus dem geschlagenen Auge hervor. Im glänzenden und durchsichtigen Wasser des Auges nun scheinen die Gegenstände wieder, und je reiner es ist, desto besser sehen wir.

κέφαλον. Wenn man sie am überlieferten Platze läßt, muß ἄθρουν der Accusativ von ἀθρόος (reichlich, dicht) sein, nun heißt es aber § 41 gerade entgegengesetzt ὄσφρησιν μὲν οὖν ὀξυτάτην οἷς ἐλάχιστος ἀὴρ ἐν τῇ κεφαλῇ. Es ist vielmehr der Accusativ von ἄθροος, geräuschlos, denn Diogenes hält das Gehirn deshalb zur Aufnahme der Töne für geeignet, weil es selbst vollkommen geräuschlos sei, während Adern, Blut u. s. w. sich bewegen und folglich ein gewisses Geräusch hervorrufen. Ebenso wie das Gehirn den Ton aufnimmt, weil es selbst tonlos ist, so sieht auch das Auge das gerade entgegengesetzte, das dunkle Auge die vom Sonnenlicht bestrahlten, das helle Auge aber die in Dunkel gehüllten Dinge am besten, vgl. § 42 μάλιστα δ᾽ ἐμφαίνεσθαι τὸ ἐναντίον χρῶμα, δι᾽ ὃ τοὺς μελανοφθάλμους μεθ᾽ ἡμέραν καὶ τὰ λαμπρὰ μᾶλλον, τοὺς δ᾽ ἐναντίους νύκτωρ. Theophrast sagt zwar § 39 über Diogenes: διὸ καὶ δόξειεν ἂν τῷ ὁμοίῳ ποιεῖν. Und das ist insofern richtig, als alle Dinge nach Diogenes aus der Luft, dem einzigen Urstoffe, entstanden sind, die warme Lebensluft also, in welcher die menschliche Seele besteht, wenn sie mit den äußern Eindrücken sich berührt, durch gleichartiges afficirt wird. Auf des Diogenes Lehre von der Luft, dem Urstoffe aller Dinge, hat aber offenbar die Lehre des Anaxagoras vom νοῦς eingewirkt, vgl. Zeller I, 222. Eine solche Einwirkung des Anaxagoras auf den Diogenes läßt sich auch in der Lehre von den Sinneswahrnehmungen nicht verkennen. Die Sätze des Anaxagoras über das Hören, namentlich aber über das Sehen stimmen mit denen des Diogenes oft wörtlich überein f. Theophr. ·§ 27. 40. 42. Anaxagoras lehrt, daß die sinnlichen Wahrnehmungen sich durch Berührung des verschiedenartigen vollziehen; beim Gesichtssinn sagt Diogenes nach Theophrast dasselbe und auch beim Gehörsinn wird diese Uebereinstimmung dadurch, daß ich die Stellung verändere und das Wort ἀκοῇ beibehalte, wiederhergestellt. Die äußern Gegenstände sind ja auch für unsre Sinne nicht mehr Luft, sie können also sehr wohl als etwas der warmen Lebensluft eventuell entgegengesetztes von Diogenes aufgefaßt sein, um so eher da er ebendieser selbst, je nach ihrem Platze im menschlichen Körper, eine verschiedene Beschaffenheit zuschreibt; die Luft der einen Stelle ist für diese, die der andern für jene Art von Wahrnehmungen geeignet. Daß das Gehirn trotz entgegengesetzter Beschaffenheit zugleich σύμμετρος τῇ ἀκοῇ genannt wird, darf uns nicht stören; denn aus § 15 (ὅλως δὲ κατά γε ἐκεῖνον ἀφαιρεῖται καὶ τὸ ὅμοιον, ἀλλὰ ἡ συμμετρία μόνη ἱκανή. Διὰ τοῦτο γὰρ οὐκ αἰσθάνονται, φησίν, ἀλλήλων, ὅτι τοὺς πόρους ἀσυμμέτρους ἔχουσιν κτε.) sehen wir klar, daß ὅμοιον und σύμμετρον bei Theophrast nicht dasselbe ist. Wenn, wie wir später sehen werden, dem Epicur und dem Lucrez diese Begriffe als gleich gelten, so liegt das eben darin, daß bei ihnen alle Eigenschaften der Dinge nur auf der Gestalt und Ordnung der Atome beruhen; bei ihnen also hat das gleichartige gleiche Poren, das ungleichartige ungleiche.

8) Zeller I, 422; Theophr. § 25. 26; Plut. plac. IV, 16. 17. 18.

Parmenides der Eleat[9]):

Eigentlich sind die Sinne, da sie uns den Schein der Vielheit und Veränderung, des Entstehens und Vergehens vorspiegeln, die Ursache alles Irrthums; denn es giebt nur eins, das seiende, und das ist nicht geworden, noch wird es vergehen. Wir dürfen nicht den Sinnen, sondern nur der Vernunft trauen. Wenn wir aber der gewöhnlichen Meinung folgend Vielheit und Veränderung annehmen wollen, so müssen wir zu dem einen, dem seienden, noch das nichtseiende hinzufügen; jenes ist feurig, dieses dunkel und kalt. Aus diesen beiden besteht wie alles, so auch unser Körper, und jedes von beiden in unserm Körper denkt und empfindet das verwandte in der Außenwelt. Ueberwiegt in einem Körper das dunkle, kalte, so empfindet er vorzugsweise dunkle und kalte Dinge; ein Leichnam hat gar keine Empfindung mehr von Licht und Wärme und Schall, sondern nur noch von Schweigen und Kälte und Nacht.

Heraclit und seine Schule[10]):

Die Sinnesempfindung entsteht aus der zusammentreffenden Bewegung des Gegenstandes und des Sinnesorgans; wir empfinden nicht das den Sinnen gleichartige, sondern das ihnen entgegengesetzte. Das Zeugniß der Sinne ist unzuverlässig, da sie uns ein Sein zeigen, wo ein stetes Werden ist, und da ihnen das Urfeuer gänzlich verborgen ist.

Empedocles[11]):

Die von den Gegenständen sich ablösenden Ausflüsse ($\dot\alpha\pi o\varrho\varrho o\alpha i$) gelangen durch die Poren unserer Sinnesorgane in dieselben hinein; weil die einzelnen Sinne verschiedenartige Poren haben, können sie nicht dieselben Ausflüsse in sich aufnehmen, also nicht der eine die Wahrnehmung des andern gleichfalls empfangen[12]). Der Körper des Menschen ist wie alle Dinge aus den 4 Elementen Erde, Wasser, Luft, Feuer gemischt; alle Gegenstände nun werden durch das gleichartige in uns wahrgenommen. Das Auge ist rings umhüllt von Erde und Luft, sein Inneres besteht aus Feuer und Wasser. Die Poren in der Oberfläche des Auges führen abwechselnd zu Feuer und Wasser; in die einen bringt das helle, in die andere das dunkle ein[13]) und gelangt so zur Wahrnehmung.

---

9) Zeller I, 477. 486; Theophr. de sensu.

10) Zeller, I, 585.

11) Zeller, I, 647; Theophr. § 7 ff.; Plut. plac. I, 15, 3; IV, 13. 14. 16. 17.

12) Theophr. § 7 $\delta\iota\dot o \; \varkappa\alpha i \; o\dot v \; \delta\acute v\nu\alpha\sigma\vartheta\alpha\iota \; \tau\grave\alpha \; \dot\alpha\lambda\lambda\acute\eta\lambda\omega\nu \; \varkappa\varrho\acute\iota\nu\epsilon\iota\nu \; \varkappa\tau\epsilon$. Zeller giebt I, 648, 1, als Sinn dieser Stelle an: „von der Verschiedenheit der Poren rühre es her, daß dasselbe bei verschiedenen verschiedene Empfindungen hervorbringe." Sowohl die angeführten Worte des Theophrast als der Zusammenhang der ganzen Stelle scheinen mir klar den oben von mir angegebenen Sinn zu geben. Die Stelle Plut. plac. IV, 9, 3 ($'E\mu\pi\epsilon\delta o\varkappa\lambda\tilde\eta\varsigma \; \pi\alpha\varrho\grave\alpha \; \tau\grave\alpha\varsigma$ $\sigma\upsilon\mu\mu\epsilon\tau\varrho\acute\iota\alpha\varsigma \; \tau\tilde\omega\nu \; \pi\acute o\varrho\omega\nu \; \tau\grave\alpha\varsigma \; \varkappa\alpha\tau\grave\alpha \; \mu\acute\epsilon\varrho o\varsigma \; \alpha\dot\iota\sigma\vartheta\acute\eta\sigma\epsilon\iota\varsigma \; \gamma\acute\iota\nu\epsilon\sigma\vartheta\alpha\iota, \; \tau o\tilde v \; o\dot\iota\varkappa\epsilon\acute\iota o\upsilon \; \tau\tilde\omega\nu \; \alpha\dot\iota\sigma\vartheta\eta\tau\tilde\omega\nu$ $\dot\epsilon\varkappa\acute\alpha\sigma\tau\eta \; \dot\alpha\varrho\mu\acute o\zeta o\nu\tau o\varsigma$), welche Zeller anführt, spricht erst recht für meine Ansicht, ebenso wie Theophr. § 15 $\delta\iota\grave\alpha$ $\tau o\tilde v\tau o \; \gamma\grave\alpha\varrho \; o\dot v\varkappa \; \alpha\dot\iota\sigma\vartheta\acute\alpha\nu o\nu\tau\alpha\iota, \; \varphi\eta\sigma\acute\iota\nu, \; \dot\alpha\lambda\lambda\acute\eta\lambda\omega\nu, \; \ddot o\tau\iota \; \tau o\grave v\varsigma \; \pi\acute o\varrho o\upsilon\varsigma \; \dot\alpha\sigma\upsilon\mu\mu\acute\epsilon\tau\varrho o\upsilon\varsigma \; \ddot\epsilon\chi o\upsilon\sigma\iota\nu$. —

13) Wenn Zeller sagt, Empedocles lasse beim Sehen die Bestandtheile der Augen zu den gleichartigen Ausflüssen heraustreten, so scheint mir aus den Worten des Theophrast (§ 7 $\dot\epsilon\nu\alpha\varrho\mu\acute o\tau\tau\epsilon\iota\nu \; \gamma\grave\alpha\varrho \; \dot\epsilon\varkappa\alpha\tau\acute\epsilon\varrho o\iota\varsigma \; \dot\epsilon\varkappa\acute\alpha\tau\epsilon\varrho\alpha. \; \Phi\acute\epsilon$-$\varrho\epsilon\sigma\vartheta\alpha\iota \; \delta\grave\epsilon \; \tau\grave\alpha \; \chi\varrho\acute\omega\mu\alpha\tau\alpha \; \pi\varrho\grave o\varsigma \; \tau\grave\eta\nu \; \ddot o\psi\iota\nu \; \delta\iota\grave\alpha \; \tau\grave\eta\nu \; \dot\alpha\pi o\varrho\varrho o\acute\eta\nu$) gerade das Gegentheil hervorzugehen. Die Worte bei Plutarch. plac. IV, 13, 2 $'E\mu\pi\epsilon\delta o\varkappa\lambda\tilde\eta\varsigma \; \tau o\tilde\iota\varsigma \; \epsilon\dot\iota\delta\acute\omega\lambda o\iota\varsigma \; \tau\grave\alpha\varsigma \; \dot\alpha\varkappa\tilde\iota\nu\alpha\varsigma \; \dot\alpha\nu\acute\epsilon\mu\iota\xi\epsilon, \; \pi\varrho o\sigma\alpha\gamma o\varrho\epsilon\acute v\sigma\alpha\varsigma$ $\tau\grave o \; \gamma\iota\gamma\nu\acute o\mu\epsilon\nu o\nu \; \dot\alpha\varkappa\tilde\iota\nu\alpha\varsigma \; \epsilon\dot\iota\delta\acute\omega\lambda o\upsilon \; \sigma\upsilon\nu\vartheta\acute\epsilon\tau\omega\varsigma$ widersprechen meiner Ansicht nicht, denn unter $\dot\alpha\varkappa\tilde\iota\nu\epsilon\varsigma$ ist hier nicht das aus den Augen hervortretende Licht, sondern das in den Ausflüssen enthaltene Licht verstanden. Es ist ja eben der feurige Bestandtheil der Gegenstände, welcher hauptsächlich Ausflüsse, wenigstens diejenigen Ausflüsse, die vom

Weffen Auge weniger Feuer enthält, der fieht am Tage beffer, denn der Mangel an innerm Licht wird durch das äußere erfetzt; aus der entgegengefetzten Urfache fehen die feurigern Augen beffer des Nachts. Das Hören gefchieht, indem die vom Schalle bewegte Luft eindringt und hier wie in einer Trompete den Ton hervorbringt. Das Riechen wird durch das Aufathmen vermittelt. Auch Schmecken und Fühlen vollzieht fich durch das Eindringen der Ausflüffe in die entfprechenden Poren. —

Democrit [14]):

Die Sinnesempfindung ift ein körperlicher Vorgang, durch die äußern Eindrücke wird in uns eine Veränderung hervorgebracht; diefe gefchieht indeß durch das gleichartige; denn nur das gleich= artige kann auf einander wirken.[15]) Von allen Gegenständen löft fich ftets eine Summe von Atomen (ἀποῤῥοή) ab und geftaltet die vor ihr befindliche Luft; diefe berührt dann die Sinnesorgane und erzeugt die finnlichen Wahrnehmungen. Beim Sehen wird die zwifchen dem Auge und dem Gegen= ftande liegende Luft fowohl durch den Atomenftrom, der von dem Gegenftand ausgeht (εἴδωλον), als durch Ausflüffe vom Auge her geftaltet.[16]) Diefe Luft bewirkt, daß fich die εἴδωλα im Naß des Auges abfpiegeln und fo wahrgenommen werden. Weil unfere Sinne auf die Geftaltung der Luft, welche die Wahrnehmung vermittelt, einwirken, fo gelangt das Bild öfters nicht genau zu uns, wir dürfen uns alfo nicht auf die finnlichen Wahrnehmungen verlaffen, die Wahrheit wird oft durch fie verhüllt.[17]) So glauben wir, es gebe etwas füßes, bitteres, kaltes, warmes oder buntes, während es in Wahrheit nur Atome mit ihrer verfchiedenen Geftalt und das leere giebt.[18]) — —

Da Epicur wie in feinem ganzen Syfteme fo in feiner Theorie der finnlichen Wahrnehmung fich um das, was die Philofophen nach Democrit, was Plato und Ariftoteles lehren, wenig oder gar nicht bekümmert, fo wird es nicht nöthig fein, auf deren Anfichten genauer einzugehen.

Was nun Verwandtfchaft und Unterfchied unter den oben aufgeführten Lehren der verfchiedenen Philofophen betrifft, fo fcheidet fie Theophraft in feiner Schrift de sensu danach, ob fie die finnliche Wahrnehmung durch gleichartiges oder entgegengefetztes gefchehen laffen. Zu den letztern gehören Anaxagoras, Alcmäon, Heraclit, zu den erftern Parmenides, Empedocles und Democrit. Zu diefen will Theophraft de sensu (und auch Zeller) ferner den Diogenes von Apollonia rechnen; ich glaube oben, Anmerkung 7, gezeigt zu haben, daß wenigftens bei der Erklärung der einzelnen Sinne feine Anficht mit der des Anaxagoras völlig übereinftimmt. Der Begriff des gleichartigen ift freilich, wie

---

Auge wahrgenommen werden, entfendet, was den Theophraft fogar veranlaßt hat, zu fagen (§ 20) μόνου γὰρ δοκεῖ τῶν στοιχείων τοῦ πυρὸς ἀποῤῥεῖν, ἀπὸ δὲ τῶν ἄλλων οὐδενός.

14) Zeller I, 736; Theophr. 49 ff.

15) Zeller I, 696; vgl. auch Anm. 3.

16) Deshalb ift es möglich, daß die Angabe des Plutarch. plac. IV, 13, 1 (Δημόκριτος, Ἐπίκουρος κατ᾽ εἰδώλων εἰςκρίσεις ᾤοντο τὸ ὁρατικὸν συμβαίνειν, καὶ κατά τινων ἀκτίνων εἴςκρισιν, μετὰ τὴν πρὸς τὸ ὑποκείμενον ἔνστασιν πάλιν ὑποστρεφουσῶν πρὸς τὴν ὄψιν) nur infoweit irrig wäre, als Ἐπίκουρος zu ftreichen ift, da diefer von der Wirkung des Auges auf das wahrgenommene nichts weiß. Verdächtig bleibt freilich, daß diefelbe Stelle von Galen fo überliefert wird, daß es heißt ἕτεροι κατά τινων ἀκτίνων εἴςκρισιν κτε.

17) Democritus bei Sext. Emp. p. 223 Bekk. Γνώμης δὲ δύο εἰσὶν ἰδέαι ἡ μὲν γνησίη, ἡ δὲ σκοτίη. καὶ σκοτίης μὲν τάδε ξύμπαντα, ὄψις, ἀκοή, ὀδμή, γεῦσις, ψαῦσις, ἡ δὲ γνησίη ἀποκεκρυμμένη διὰ ταύτης, vgl. Philolog. 1870, p. 614.

19) Democritus a. a. O. p. 220, 19. Νόμῳ γλυκὺ καὶ νόμῳ πικρὸν, νόμῳ χροιή. ἐτεῇ δὲ ἄτομα καὶ κενεόν.

auch Theophrast bemerkt, nicht überall derselbe; bei Empedocles und namentlich bei Democrit besteht die Gleichartigkeit schließlich nur in der Symmetrie, d. h. darin, daß die gleichartigen Dinge entsprechende Poren haben, so daß sie sich gegenseitig durchdringen können. — Daß diese entgegengesetzten Ansichten über das, was die Sinneswahrnehmungen hervorrufe, entstehen konnten, und daß die Philosophen jeder Secte erträgliche Beweise für ihre Ansicht anführen, ist ja wohl erklärlich. Denn einerseits ist es richtig, daß etwas, das weder wärmer noch kälter ist als unser Körper, uns weder warm noch kalt scheint; daß, da jede sinnliche Wahrnehmung eine Aufnahme von etwas neuem in uns, also eine Veränderung unseres Zustandes ist, das, was eine Veränderung hervorrufen soll, nicht vollkommen gleichartiger Natur sein darf, denn Milch in Milch gegossen giebt eben nur wieder Milch; andrerseits aber kann etwas seiner Gattung nach verschiedenes nicht auf einander einwirken, also z. B. Musik nicht auf das Auge. Dieser Umstand, daß beide Ansichten ihre Begründung haben, hat vielleicht die Unklarheit bei Diogenes von Apollonia herbeigeführt. (Nach ihm können die Dinge nur deshalb auf einander wirken, weil sie alle aus demselben Urstoffe, der Luft, entstanden sind; im einzelnen aber wirkt das helle auf das dunkle, das tönende auf das tonlose, s. oben.) Aristoteles vereinigt später beide Ansichten: das wirkende ist dem leidenden, empfangenden der Gattung nach gleich und ähnlich, der Art nach entgegengesetzt.[19])

Wichtiger als die Frage: vollzieht sich die sinnliche Wahrnehmung durch Einwirkung des gleichartigen oder entgegengesetzten? ist diejenige, ob der Sinn zum Gegenstande geht oder der Gegenstand zum Sinne kommt, d. h. ob eine Kraft vom Sinnesorgane ausgehend den Eindruck vom Gegenstande gewissermaßen herholt, oder ob die Gegenstände in unmittelbarer oder mittelbarer Weise auf das Sinnesorgan einwirken. Die heutige Wissenschaft nimmt bekanntlich das letztere an; das erstere wird in krassester Form von Hipparch (vermuthlich dem Mathematiker) ausgesprochen, der von beiden Augen Strahlen ausgehen und mit ihren äußersten Spitzen gleich wie mit Händen die Dinge der Außenwelt an die Augen heranziehen läßt. Sextus Empiricus giebt Pyrrhon. Hypotyp. III, 51 drei verschiedene Ansichten der Alten über den Vorgang des Sehens an: ἐάν τε κατὰ ἔνστασιν γένηται κώνου (ἡ ὄρασις) ἐάν τε κατὰ εἰδώλων ἀποκρίσεις τε καὶ ἐπικρίσεις, ἐάν τε ἀκτίνων ἢ χρωμάτων ἀποχύσεις. Die beiden letzten Theorien gehören zu denen, welche den Gegenstand zum Sinne kommen lassen; mit der ersten ist wohl diejenige der Stoiker gegeben, welche von der leitenden Kraft der Seele (ἡγεμονικόν) den warmen Hauch, aus dem die Seele besteht, zu den Sinneswerkzeugen strömen[20]) und beim Sehen durch eine gewisse Spannung[21]) (τόνος αἰσθητικός) die zwischen den Augen und dem Gegenstande befindliche Luft kegelförmig gestalten und sich vermittelst dieses Luftkegels mit den Dingen berühren lassen. Wenn dieselben Stoiker beim Hören umgekehrt die durch den Schall bewegte Luft an die Ohren schlagen lassen, so erklären sie den Vorgang der Sinneswahrnehmung bei den einzelnen Sinnen verschieden. So lassen auch Plato und Democrit bei den anderen Sinnen die Gegenstände unmittelbar oder mittelbar zu den Organen kommen, beim Gesichtssinn aber nehmen sie an, daß eine Wirkung zugleich vom Gegenstande und vom Auge her stattfinde.[22]) Die meisten der oben besprochenen Philosophen aber lassen nur den Gegenstand auf das Sinnesorgan wirken. Ihre Erklärungen der übrigen 4 Sinne sind, wie wir gesehen haben, nur wenig verschieden, über den Gesichts-

---

19) Zeller IIb, 317 ff.; 416 ff.
20) Plut. plac. IV, 8, 1.
21) Zeller IIIa, 189, 2.
22) Theophr. de sens. 5 ff.; 49 ff.

finn aber finden wir mannigfache Theorien. Anaxagoras und Diogenes laffen die Dinge durch eine Abspiegelung in der Pupille wahrgenommen werden; Empedocles läßt Ausflüffe von den Gegenständen ausströmen und diese unmittelbar durch die Poren in das Auge bringen; bei ihm ist also das Sehen weiter nichts als ein Fühlen. Democrit, der die Ausflüffe bestimmter faßt und sie für Bilder, aus Atomen der Gegenstände bestehend, erklärt, will sie jedoch nicht unmittelbar auf das Auge, sondern zusammen mit diesem auf die Luft in ihrer Mitte wirken laffen. Aus den Theorien dieser beiden hat sich diejenige des Epicur entwickelt, indem er die Atomenausflüffe, die εἴδωλα, von Democrit entlehnt, diese aber wieder in der grobsinnlichen Weise des Empedocles auf die Augen unmittelbar, in die Poren derselben eindringend, wirken läßt. Ja, während nach Empedocles das Hören wenigstens durch die vom Schall bewegte Luft bewirkt wird, dringt nach Epicur, wie wir später ausführlicher sehen werden, der Schall selbst, den er für einen Körper hält, in das Ohr.[23] Wir sehen, wie wenig Epicur gewillt oder fähig war, die in vielfacher Beziehung vorgeschrittenen physikalischen Lehren des Aristoteles zu berücksichtigen, der die Sinnesempfindung für eine Aufnahme der sinnlichen Form ohne den Stoff erklärt.[24]

Wie es nun zugehe, daß — mag eine Vermittlung zwischen Gegenstand und Sinn angenommen werden, wie sie will — die äußern Eindrücke ins Bewußtsein gelangen, das wiffen uns alle jene Philosophen und die Alten überhaupt nicht zu sagen. Wiffen's doch auch heutzutage weder unsere Physiologen noch unsere Psychologen. Denn wenn die jetzige Wiffenschaft auf eine annehmbare Weise zu erklären vermag, wie der äußere Eindruck in das Sinnesorgan, und daß er vom Sinnesorgan durch die Nerven in das Gehirn, den Sitz des Bewußtseins, gelangt — wie es möglich ist, daß der feine Nerv das Bild, den Ton ins Gehirn führt, kann sie nicht zeigen. Auch wir haben also die Vermittelungskette zwischen den Gegenständen und unserm Bewußtsein nur um ein Glied verlängert. Die griechischen Philosophen finden keine Veranlaffung, jenes Problem überhaupt nur aufzustellen; nehmen doch viele von ihnen ein gemeinsames Bewußtsein, an das alle Organe ihre Eindrücke abgäben, überhaupt nicht an. So verlegt Epicur die Eindrücke wie die Sinneswahrnehmungen in die Sinnesorgane selbst.[25] Anaxagoras dagegen sprach schon, wie wir oben sahen, aus, daß die Sinne ihre Eindrücke an den Geist abgeben; und Aristoteles nimmt einen Gemeinsinn an, deffen Wohnsitz das Herz ist, und der die Wahrnehmungen der übrigen 5 Sinne gegen einander vergleicht und zu der Vorstellung eines Gegenstandes vereinigt.[26] Dem, was die heutige Wiffenschaft lehrt, am nächsten scheint Alcmäon gekommen zu sein, dem überhaupt mancherlei physiologische und anatomische Kenntniffe zugeschrieben werden; während die Mehrzahl der Philosophen das Herz (oder auch die Leber) für den Sitz des leitenden Theils der Seele halten, nennt er das Gehirn das Organ des Bewußtseins und läßt die Sinneswahrnehmungen durch Kanäle von den Sinnesorganen dorthin gelangen.

Es bleibt uns zu erörtern übrig, wie die Frage von der Zuverläffigkeit der sinnlichen Wahrnehmungen von den aufgeführten Philosophen behandelt worden ist. Aus den verschiedensten Ursachen absolut verneint wird sie von Anaxagoras, Parmenides, Heraclit (f. oben): man müffe der Vernunft mehr trauen wie den Sinnen, verlangen Empedocles[27] und Democrit. Während nun andere Philosophen-

---

23) Plut. plac. IV, 19, 2.
24) Zeller IIb, 417.
25) Plut. plac. XXIII, 2.
26) Zeller IIb, 420 ff.
27) Zeller I, 651.

schulen, die Sophisten, Cyrenaiker, Skeptiker, neueren Akademiker entweder die Ungewißheit oder die Unmöglichkeit jedes Wissens behaupten, es sei nun durch Wahrnehmung oder Denken entstanden, stellt Epicur, von fast derselben Theorie der sinnlichen Wahrnehmung ausgehend, aus der Democrit und Empedocles• die Unzuverlässigkeit der Sinne folgern, die absolute Zuverlässigkeit derselben als Dogma hin.[28]) Sein Postulat ist, wie wir oben sahen, die Nothwendigkeit einer festen Ueberzeugung für's praktische Leben; da nichts uns diese geben kann außer den Sinnen, so müssen wir den Sinnen glauben, und wenn sich uns etwas als irrig herausstellt, so ist daran nicht das Zeugniß der Sinne, sondern die falsch aus demselben schließende und combinirende Thätigkeit unseres Geistes schuld.

Gehen wir nun zu der ausführlichsten Quelle über des Epicur Lehre von der sinnlichen Wahrnehmung, zu dem 4. Buche des Lucrez, über.

Die ersten 25 Verse des vierten Buches finden sich fast ebenso im ersten Buche von v. 922 an. Der Dichter rühmt sich auf einem Wege den Lorbeerkranz zu suchen, wo ihn bisher keiner (nämlich in der römischen Literatur) gesucht. Er wolle durch sein Gedicht den Leser von den Fesseln des religiösen Aberglaubens befreien. Und weil die Philosophie den meisten bitter schmecke, so habe er sich bemüht, ihren Inhalt durch liebliche Form angenehmer und willkommener zu machen. Schon Lachmann hat nachgewiesen, daß sie, wenn auch am Eingange des vierten Buches nicht gänzlich unpassend, doch im ersten Buche mehr an ihrer Stelle sind. Das Zeugniß der Alten spricht sich in fast gleich gewichtiger Weise für die Stellung im ersten wie im vierten Buche aus. Daß die Verse schon im Alterthum an beiden Stellen gelesen wurden, wird sich auch hier am leichtesten aus dem unfertigen Zustand des Gedichtes erklären. Lucrez glaubte im vierten Buche einer Einleitung zu bedürfen und war ungewiß, ob er diese Verse dazu benutzen und sie im ersten Buche streichen sollte oder nicht. Ueber diese Ungewißheit ist er hingestorben.

Dann geht der Dichter, nachdem er kurz den Inhalt des dritten Buches (die Lehre von der Seele) recapitulirt hat, zu der Theorie der sinnlichen Wahrnehmung über. Die sinnliche Wahrnehmung im eigentlichen Sinne, wie wir sie verstehen, behandelt er von v. 26—721. Epicur hatte jede sinnliche Wahrnehmung daraus erklärt, daß sich von der Oberfläche der Gegenstände eine Summe von Atomen ablösen und zu den Organen der sinnlichen Wahrnehmung gelangend diese afficiren.[29]) Er hatte also, wie schon von den Alten bemerkt worden ist, dem Tastsinne die vier übrigen dem Wesen nach gleichgestellt. Die von den Gegenständen ausströmenden Atome nennt er ἀπορροαί, diejenigen von ihnen, welche dem Gesichtssinne bemerklich werden, εἴδωλα (in den fragmentis Herculaneis des zweiten Buches περὶ φύσεως wird der Ausdruck συνήξεις für dieselben gebraucht). Von diesen sagt er aus, daß sie die Gestalt der Dinge, von denen sie ausströmen, beibehalten.[30]) Deshalb nennt sie Lucrez simulacra oder effigies rerum. Von ihnen, und damit also von dem Gesichtssinne handelt er zuerst, von v. 39—468, indem auch er an diesem Sinne vorzugsweise die Probleme der sinnlichen Wahrnehmung zu lösen, die Einwände, welche die Gegner gegen die Epicureische Lehre von der sinnlichen Wahrnehmung überhaupt erhoben, zu entkräftigen sucht. Zunächst stellt er mit ganz kurzen Worten, wie es seine Sitte ist, die Existenz jener Bilder, und woraus sie bestehen, hin. Dann aber berührt er gleich, dem Charakter der Epicureischen Philosophie entsprechend, welche

---

28) Diog. Laert. X, 31 ff.
29) Zeller 3a, 389, 1.
30) Diog. Laert. X, 36 *καὶ μὴν καὶ τύποι ὁμοιοσχήμονες τοῖς στερεμνίοις εἰσίν.*

die Naturforschung an und für sich als unnütz ansieht,[31]) den Nutzen jener Theorie für den Kampf gegen Wahn und Aberglauben, gegen Furcht vor dem Tode und den Todten. Wenn uns im Wachen oder Schlafen, sagt er, Erscheinungen schrecken, welche wir für Schatten vom Acheron halten wollen, so sind das eben auch nur Bilder, nicht wirkliche Gegenstände. Wie man sich solche Bilder, die nicht wirklichen Gegenständen entsprechen, zu denken hat, darauf kommt er später wieder zurück (v. 962).

Jene Bilder also, fährt der Dichter fort,[32]) lösen sich von der Oberfläche der Gegenstände ab gleich einer feinen Rinde. Dies ist nichts unglaubliches; wir können ja sogar mit unsern Augen ganz klar erkennen, daß sich von manchen Dingen feine Theilchen loslösen, lockere und zerstreute, wie Rauch vom Holz und Hitze vom Feuer, oder dichte, compakte, wie von den Cicaden, den neugeborenen Kälbern, den Schlangen feine Häute. Warum sollten sich nicht unsern Augen verborgen noch feinere Theilchen von der Oberfläche der Dinge loslösen? Denn wenn viele Körper sogar aus ihrem Innern feine Theilchen entsenden, wie viel leichter von ihrer Oberfläche? So entsenden manche Gegen=stände von ihrer Oberfläche die Farbe und wirken mit ihr in die Ferne; was wir oft im Theater zu beobachten Gelegenheit haben, wenn Scene und Amphitheater, Götterbilder[33]) und Zuschauerschaft von der bunten Farbe der ausgespannten Deckleinen übergossen werden.

Wenn die Bilder den Gegenständen, von welchen sie ausströmen, ähnlich bleiben sollen, so ist es offenbar nöthig, daß sie die Stellung der Atome zu einander, wie sie bei der Trennung von ihrem Gegenstand war (und wie sie der Gegenstand selbst hat), beibehalten. Daß dies der Fall ist, erklärt Epicur ausdrücklich (Diog. Laert. X, 46, ἀποῤῥοαὶ τὴν ἑξῆς θέσιν καὶ βάσιν διατηροῦσαι). Er

---

31) Zeller 3a, 859, 1.

32) Ueber die Stellung der Verse 26—54 vgl. Susemihl und Brieger im Philologus, Jahrg. 29. Ich bin hier der Lachmann'schen Ausgabe, als der verbreitetsten, gefolgt, da man hier wie an vielen Punkten schwerlich zu einer Gewißheit darüber wird gelangen können, wo die Möglichkeit aufhört, die Ursache irgend einer logischen Unordnung in dem unfertigen Zustande des Gedichts oder auch in dem nicht immer sehr logisch denkenden Geiste des Dichters zu suchen, und wo die Nothwendigkeit beginnt, einen ungeschickten Interpolator oder Abschreiber dafür verantwortlich zu machen?

33) Ich lese IV, 78:

Namque ibi consessum caveai subter et omnem
Scaenai speciem varium ornatumque deorum.

In den Handschriften steht patrum matrumque deorum; patrum matrumque ist wahrscheinlich eine Randbe=merkung zu consessum gewesen und später in den Text gekommen. Der Zuschauerraum ist abgethan; es wird nun der Anblick der Bühne ausgemalt. Das deorum der Handschriften scheint mir klar darauf hinzudeuten, daß Lucrez von den auf der antiken Scene befindlichen Götterstatuen spricht; diese Statuen, jede in ihrem eigenthümlichen Aufputz (varium ornatum) und von dem bunten Licht übergossen, tragen zu der Schönheit des farbigen Bildes nicht wenig bei. Die Conjecturen von Lachmann (pulcram variumque decorem), Bernays (claram variamque deorsum), Munroe (patrum coetumque decorum), Polle (propriam variamque colorum), hat Brieger im Philol. 29, p. 421 zurückge=wiesen. Dessen eigene Conjectur parium marmorque deorsum ist ansprechend, doch scheint mir deorsum, nachdem omnem scaenai speciem vorhergegangen, die Anschaulichkeit und Uebersichtlichkeit des Bildes zu stören. Das que an dritter Stelle hat schon Munroe, Notes II zu Buch II, 1050, gerechtfertigt.

V. 85 ist wohl zu lesen:

Ergo lintea de summo cum corpore fucum
Mittant, effigias quoque debent mittere tenuis.

Die Art der Schlußfolgerung ist hier dieselbe wie v. 63: und dem quae quoniam fiunt entspricht hier cum mittant und nicht cum mittunt, wie in allen Ausgaben steht.

schreibt ihnen, was damit zusammenhängt, in den fragmentis Herculan. II, 5[34]) einen Zusammen=
hang der Atome unter einander, eine gewisse Einheit zu, welche die jedesmal in einem Bilde enthal=
tenen Atome bilden. Diesen Zusammenhang der Atome in den Bildern setzt Lucrez von v. 87 an
aus einander. Die Bilder bewahren ihre Verbindung, sie zerstreuen sich nicht wie der Geruch,
der Rauch, die Hitze und ähnliches, weil sie nicht wie jene aus dem Innern der Körper hervorkommend
auf vielfach gewundenem Wege zerschnitten und auseinander gerissen werden, sondern sich von der
äußersten Oberfläche der Körper ablösen. — V. 98—101 kommt dann noch ein Beweis für die
Existenz der Bilder: die Gestalten, welche wir in jeder spiegelnden Fläche erblicken, können
nichts weiter sein als εἴδωλα von wirklichen Gegenständen. Hierbei erfahren wir zugleich eine
neue Eigenthümlichkeit der Bilder: sie können, abgesondert, für sich, nicht anders als eben in
Spiegeln von uns erblickt werden; in allen andern Fällen sehen wir stets die Gegenstände selbst, nicht
die Bilder. Lucrez kommt später v. 256 darauf zurück. Epicur erwähnt diese einzige Ausnahme
von der sonstigen Unsichtbarkeit der abgesonderten Bilder ebenfalls.[35])

Nachdem nun Lucrez gesagt, daß und was die Bilder sind, spricht er v. 129—140[36]) von
denjenigen Bildern, welche nicht wirklichen Gegenständen entsprechen. Epicur nennt sie συστάσεις[37])
und läßt sie dadurch entstehen, daß die von den Gegenständen ausgeflossenen Bilder bisweilen ihre
ursprüngliche Gestalt nicht beibehalten, sondern sich mit einander vermischen; er fügt aber hinzu, es
möge auch noch andere Entstehungsarten dieser Erscheinungen geben. Aehnlich sagt auch Lucrez von
ihnen, sie bewegen sich durch die Lüfte, nachdem sie auf mancherlei Weise entstanden seien, und
wechseln unaufhörlich ihre Gestalt den Wolken gleich, die bald wie Giganten bald wie Berge und
Felsen aussehen; er scheint dabei, wie Munroe bemerkt (Not. II zu v. 121), an die Fata Morgana
und ähnliche Erscheinungen gedacht zu haben. —

Ich habe oben eine Stelle des Epicur erwähnt (Anm. 34), in denen er von den Eigenschaften
der Bilder spricht und ihnen, außer der schon besprochenen ἑνότης, τάσιν und λεπτότητα zuschreibt.
Unter τάσις wird die Schnelligkeit zu verstehen sein, mit welcher sie von den Gegenständen aus=
strömen; unter λεπτότης ihre Zartheit, vermittelst deren sie im Stande sind, weite Zwischen=
räume ungefährdet zu durcheilen und in unsre Augen einzudringen. Auch Lucrez wendet sich
dazu, die Natur der Bilder zu beschreiben (v. 110—217), und zwar bespricht er ihre Zartheit, ihr
schnelles und unaufhörliches Entstehen und ihre rasche Bewegung durch den Raum, Attribute, die
auf's engste mit einander zusammenhängen. Zuerst also ihre Zartheit v. 110—128. Er scheint zwei
Gründe dafür entwickelt zu haben[38]), von denen uns jedoch nur der erste, welcher mit in primis
beginnt, im Texte erhalten ist. Derselbe besteht in der großen Kleinheit der Atome überhaupt, aus
denen ja auch die Bilder sich bilden. Es giebt schon Thiere, sagt der Dichter, die wir kaum mit
den bloßen Augen erkennen können, geschweige denn ihre einzelnen Gliederchen; auch von der Seele

---

34) διὰ τῶν συνιζήσεων τάσιν καὶ ἑνότητα καὶ λεπτότητα καὶ μικρομέρειαν.

35) Epic. frgm. Herc. B, col. 3 εἰ καὶ οὔπω προςκρουσάσας τῷ στερεμνίῳ λείῳ ἰδεῖν τὰς
συνιζήσεις οὐκ ἔστιν.

36) Christ, dem Susemihl und Brieger beipflichten, setzt diese Verse hinter v. 109 vgl. Philolog. 1869, 423.
Hier haben sie jedenfalls den passendsten Platz, wenn man überhaupt annehmen will, daß Lucrez selbst sie bereits in
seine Entwickelung der Lehre von den simulacris verarbeitet habe, was Lachmann und Munroe bestreiten.

37) Diog. Laert. X, 48.

38) Philolog. a. a. O.

können wir nichts sehen, oder etwa von den Gerüchen. Hier bricht nun unser Text ab. Es wird zunächst, wie Susemihl gezeigt hat, die Folgerung gekommen sein, daß die Atome, da aus ihnen jene kaum oder gar nicht sichtbaren Dinge bestehen, noch viel kleiner und feiner sein müßten. Daraus folgt nun zunächst freilich nichts, als daß die Bilder von sehr feiner Beschaffenheit sein können; sie müssen es nicht, denn auch sehr wenig zarte Gegenstände bestehen ja ebenfalls aus Atomen[39].

Daß die Bilder ferner in raschem und unaufhörlichem Flusse von den Gegenständen ausströmen, wird v. 143—175 gezeigt. Auch dies wird an mehreren Stellen von Epicur gelehrt[40]. Er will die Bilder schnell wie Gedanken und in ununterbrochenem Strome entstehen lassen. Lucrez erörtert bei dieser Gelegenheit zugleich, was aus den Bildern wird, wenn sie auf fremde Gegenstände stoßen: bei durchsichtigen, wie Glas[41], gehen sie hindurch, auf harte und rauhe Gegenstände stoßend werden sie durchschnitten, von glänzenden und dichten werden sie zurückgeworfen. Den letzten Fall gebraucht er zugleich, um zu beweisen, wie schnell und wie unaufhörlich sie entstehen. Denn in jedem Augenblicke, sagt er, werden die Gegenstände, auf welcher Seite ihnen auch ein Spiegel entgegengehalten wird, in demselben sichtbar[42]. Noch durch einen anderen Beweisgrund will er seinen Satz stützen, durch die geringe Zeit nämlich, nach deren Verlauf wir ungeheure Wolkenmassen am Himmel erblicken, den wir eben noch in klarster Bläue gesehen (es müssen also, sobald die Wolken nur entstanden sind, augenblicklich Bilder von ihnen ausströmen). Wem dieses Beispiel mehr für die schnelle Bewegung der Bilder durch den Raum zu sprechen scheint, dem gebe ich dies zu, verweise aber zugleich auf v. 211, wo umgekehrt ein Beispiel für den letztern Satz angeführt wird, welches besser den hier zu beweisenden unterstützen würde. — Lucrez schließt mit zwei Versen (174 und 175), die den Gedanken zu enthalten scheinen: wenn jene ungeheuren Wolkenmassen so rasch entstehen, wie rasch müssen erst ihre Bilder entstehen, die nur einen unendlich kleinen Theil derselben ausmachen[43]! —

---

39) Zwischen v. 126 und 127 ist eine ziemlich große Lücke anzunehmen. Die letzten beiden Verse (127 und 128: Quin potius noscas rerum simulacra vagari Multa modis multis nulla vi cassaque sensu) haben die verschiedenste Erklärung gefunden, und von einigen ist ihnen auch ein anderer Platz, hinter v. 110, angewiesen vgl. Philolog. a. a. O. — Ich kann mich nicht überzeugen, daß man sie an einem andern Orte besser verstehen könne als hier. Freilich befriedigen mich die Versuche, sie mit der Zartheit der Bilder in Zusammenhang zu bringen, keineswegs. Aus den Worten nulla vi cassaque sensu geht hervor, daß hier von Bildern die Rede ist, die so fein sind, daß sie den Gesichtssinn überhaupt nicht afficiren. Denn wenn in cassa sensu auch allenfalls der Sinn liegen kann, daß die Bilder einzeln, für sich, nicht wahrgenommen werden (obwohl von dem singillatim nichts dasteht), so widerspricht doch das nulla vi dieser Erklärung (von Susemihl) absolut. Die vis der Bilder besteht ja eben darin, daß sie die Wahrnehmung der Dinge, von welchen sie ausfließen, vermitteln. Die Dinge, deren Bilder diese Kraft nicht besitzen, bleiben uns unsichtbar. Vielleicht schloß Lucrez die Entwickelung des Satzes von der Zartheit der Bilder damit, daß er sagte: Manche Bilder sind sogar so fein, daß sie keine Wirkung auf das Auge ausüben. Munroe's Uebersetzung (of no force, powerless to excite sense) scheint von derselben Auffassung ausgegangen zu sein.

40) Frgm. Herc. B, II $\pi\varepsilon\varrho\tilde{\alpha}\nu$ $\delta\dot{\eta}$ $\sigma\upsilon\nu\varepsilon\chi\tilde{\eta}$ $\tau\dot{o}\nu$ $\varrho o\tilde{\upsilon}\nu$. Diog. Laert. X. 48 $\pi\varrho\acute{o}\varsigma$ $\tau\varepsilon$ $\tauο\acute{\upsilon}\tauοι\varsigma$ $\acute{o}\tauι$ $\acute{\eta}$ $\gamma\acute{\varepsilon}\nu\varepsilon\sigma\iota\varsigma$ $\tau\tilde{\omega}\nu$ $\varepsilon\acute{\iota}\delta\acute{\omega}\lambda\omega\nu$ $\acute{\alpha}\mu\alpha$ $\nu o\acute{\eta}\mu\alpha\tauι$ $\sigma\upsilon\mu\beta\alpha\acute{\iota}\nu\varepsilon\iota$ $\kappa\alpha\grave{\iota}\gamma\grave{\alpha}\varrho$ $\varrho\varepsilon\tilde{\upsilon}\sigma\iota\varsigma$ $\acute{\alpha}\pi\grave{o}$ $\tau\tilde{\omega}\nu$ $\sigma\omega\mu\acute{\alpha}\tau\omega\nu$ $\tauο\tilde{\upsilon}$ $\acute{\varepsilon}\pi\iota\pi o\lambda\tilde{\eta}\varsigma$ $\sigma\upsilon\nu\varepsilon\chi\grave{\eta}\varsigma$ $\sigma\upsilon\mu\beta\alpha\acute{\iota}\nu\varepsilon\iota$.

41) Denn v. 147 ist mit Oppenrieder vitrum für vestem zu lesen.

42) Ich lese v. 166 f. mit Winckelmann (Programm von Salzwedel, 1857) Quandoquidem speculum quacumque obvertimus oris, Res ibi respondent simili forma atque colore. Ibi wird durch v. 213, den Winckelmann vergleicht, vollkommen bestätigt.

43) Susemihl und Brieger vertheidigen ebenfalls die überlieferte Stellung der Verse 168—175 und weisen die abweichenden Ansichten anderer als unrichtig nach; sie fassen aber den Inhalt dieser Verse nicht als zweiten Beweisgrund auf, sondern als erläuterndes Beispiel dafür, wie rasch manche Dinge entstehen. Meine im Text gegebene Auffassung

Wie das zweite Attribut der Bilder, die Schnelligkeit, mit welcher sie unaufhörlich entstehen, sich aus dem ersten, ihrer Zartheit, erklärt, so und noch mehr das dritte Attribut, ihre schnelle Bewegung durch den Raum, die Lucrez von v. 176—230 behandelt. Er schwächt sie jedoch, wenigstens im Ausdruck, gegen den Epicur ab, indem er von der kurzen Zeit spricht, in der die Bilder weite Räume durchmessen, während jener sie in undenkbar kurzer Zeit jede wahrnehmbare Entfernung zurücklegen läßt[44]. Zwei Gründe bringt Lucrez für die schnelle Bewegung der Bilder bei, den ersten von v. 183—198, den zweiten von v. 199—208, und ein erläuterndes Beispiel von v. 209—217. Der erste Grund für die schnelle Bewegung der Bilder ist ihre Zartheit. Epicur spricht ihn, sogar mit einer ganz ähnlichen Wendung[45], ebenfalls aus und zwar im zweiten Buche von der Natur[46]. Die-Zartheit der Bilder wird nach Lucrez auf zweierlei Weise die Ursache ihrer schnellen Bewegung, einmal dadurch, daß die einzelnen zarten und leichten Gebilde mit leichter Mühe von den unablässig folgenden weiter getrieben werden, wie die Sonnenstrahlen der eine den andern gleichsam vorwärts stoßen (185—196[47]); ferner, indem sie vermöge ihres losen, „weitmaschigen“ Gewebes überall die Luft durcheilen, ohne durch die Luftatome gehindert zu werden (v. 196—199).

Als zweiten Beweisgrund für die schnelle Bewegung der Bilder führt Lucrez an, daß ja schon Licht und Wärme der Sonne, die doch aus ihrem Innern hervordringen, in so kurzer Zeit unermeßliche Strecken durcheilen, daß also, was sich von der Oberfläche der Gegenstände ablöse, wie die Bilder, dies noch weit eher zu thun vermöge (v. 199—208). — Als erläuterndes Beispiel benutzt er sodann die Erscheinung, daß, sobald man Wasser unter den freien Himmel zur Nachtzeit bringt, augenblicklich die leuchtenden Sterne sich in der Wasserfläche spiegeln.[48]

Bisher hat Lucrez die Existenz und das Wesen der Bilder gelehrt; nun sucht er zu beweisen, daß durch diese sich das Sehen vollziehe. Von dieser Beweisführung scheint ein Theil zu fehlen;

---

scheint mir die einfachste zu sein. Ob der Vers quorum quantula pars sit imago dicere nemost etc. mit Susemihl interpretirt werden kann: wieviel zarter und geringer als jene Wolkenmassen die Idole sind — das bezweifle ich doch sehr. Was Munroe aus diesem Verse herauslesen will (Notes II zu v. 174: and therefore the images being so prodigiously thin, what a number must leave in order to impress our sense on earth), steht schwerlich darin und würde auch nicht hierher passen.

44) Diog. Laert. X, 46 ἡ διὰ τοῦ κενοῦ φορὰ κατὰ μηδεμίαν ἀπάντησιν τῶν ἀντικοψάντων γινομένη πᾶν μῆκος περιληπτὸν ἐν ἀπερινοήτῳ χρόνῳ συντελεῖ.

45) Ueberhaupt hat jener Joh. W. Braun (der Verfasser der zu Münster 1857 erschienenen Arbeit Lucretii de atomis doctrina) wenn auch übertrieben, so doch nicht gänzlich geirrt, wie Bindseil in seiner Dissertation über die Atomenlehre des Lucrez (Halle, 1855) p. 28, Anm. ihm vorwirft, wenn derselbe vermuthet, daß das Gedicht des Lucrez abhängiger von den Schriften des Epicur sei, als man gewöhnlich annimmt. Gerade die Fragmente zeigen an manchen Stellen große Uebereinstimmung mit Lucrez in der Art der Beweisführung, wie in Wendungen und Worten. Wobei nicht geleugnet werden soll, daß Lucrez vielfach die Theile des Systems anders disponirt. Ich werde selbst später Gelegenheit haben davon zu sprechen.

46) Fragm. Hercul. B, 1 περὶ δὲ τῆς κατὰ τὴν φορὰν ὑπαρχούσης ταχύτητος νῦν λέγειν ἐπιχειρήσομεν. Πρῶτον μὲν γὰρ ἡ λεπτότης μακρὰν τῆς ἀπὸ τῶν αἰσθήσεων λεπτότητος ἀπέχουσα ταχύτητα τῶν εἰδώλων κατὰ τὴν φορὰν ἀνυπέρβλητον ἐνδείκνυται. Aus dem κατὰ φορὰν erhellt auch, wie Munroe bemerkt, was Vers 179 meint, und daß er am überlieferten Platze zu lassen ist; übrigens lese ich mit Susemihl in quemcunque locum diverso momine tendunt.

47) Die Verse 193—199 sind am besten von Brieger a. a. O. behandelt worden, dem ich hier in jedem Punkte beipflichte.

48) v. 218—229 gehören offenbar nicht hierher, vgl. Brieger a. a. O.

darauf läßt praeterea, womit v. 230 beginnt, mit ziemlicher Sicherheit schließen[49]). Der im Text vorhandene Beweis geht davon aus, daß wir die Form eines Gegenstandes in der Dunkelheit durch unser Gefühl als die gleiche erkennen, wie bei Licht mit unsern Augen; folglich, meint Lucrez, müsse Fühlen und Sehen auf ähnlicher Ursache beruhen, d. h. also, es muß der Gegenstand auf irgend welche Weise mit dem Auge in körperliche Berührung kommen, wenn er wahrgenommen werden soll. Da nun der Gegenstand selbst nicht zu dem Auge kommt, was anders, fragt der Dichter, kann die Gestalt des Gegenstandes zu den Augen bringen als das Bild, welches sich von demselben ablöst? (v. 230—238). Wie ich schon in der Einleitung bemerkt habe, ist diese Erklärung des Sehens eine äußerst grobsinnliche, viel mehr als die des Democrit, und andrerseits schwerer einleuchtend und leichter zu widerlegen als die des Empedocles. Denn einfacher ist es sich vorzustellen, daß Ausflüsse von den Gegenständen in die Poren der Augen eindringen, und daß die Größe der Dinge an der Menge der eindringenden Theilchen, ihre Gestalt durch die Richtung, aus der sie in die Poren kommen, erkannt werde. Aber auf den ersten Blick leuchtet ein, daß das Bild eines großen Gegenstandes nicht unaufgerollt in das Auge gelangen kann; und doch sollen die Atome der Bilder ihre Stellung zu einander nicht verändern, und soll aus der Größe der Bilder die der Gegenstände erkannt werden[50]).

Auf welche Weise nun erzeugen die Bilder die Wahrnehmung in unsern Augen? Sie dringen in die Poren derselben, in die viae oculorum (s. v. 319), ein, aber was nun weiter? — — Epicur lehrt[51]), das Bild, welches wir von einem Gegenstande in den Geist oder in die Sinne aufgenommen haben, sei die Gestalt desselben, geworden κατὰ τὸ ἑξῆς πύκνωμα ἢ ἐγκατάλειμμα τοῦ εἰδώλου, also entweder aus dem, was von den εἴδωλα im Auge geblieben oder — dadurch, daß die Gestalt des Gegenstandes durch die fortlaufende, dichte Reihe der Bilder, gleichsam wie ein Wassereimer von Hand zu Hand, in das Auge gelangt? Ich weiß nicht, ob man das κατὰ τὸ ἑξῆς πύκνωμα so erklären kann. Man mag indeß die Worte erklären, wie man will, eine klare Vorstellung davon, wie sich Epicur das Entstehen der Wahrnehmung im Auge vermittelst der Bilder dachte, können sie gewiß nicht geben, denn schwerlich hatte er selbst eine klare und sichere Vorstellung hierüber. Möglicherweise ist der in jenen Worten enthaltene Gedanke Epicur's von Lucrez in den Versen behandelt gewesen, welche zwischen 229 und 230 ausgefallen sind. Daß hier eine Lücke ist, können wir auch aus der Kürze des Abschnittes schließen; denn daß und wie sich das Sehen vermittelst der Bilder vollziehe, wird jetzt in 8 Versen abgethan.

Im folgenden geht der Dichter zur Erörterung einiger secundärer Fragen über, die bei seiner Erklärung des Sehens zu beantworten waren. So wird zunächst erklärt, weshalb wir nur die Gegenstände erblicken, auf welche wir den Blick richten, obwohl doch die Bilder der Dinge nach allen Seiten ausströmen (v. 239—243). Lucrez giebt als Grund an, daß wir nur mit den Augen sehen

---

49) S. Susemihl a. a. O. — Winckelmann irrt, wenn er in den Versen 230—238 einen neuen Beweis dafür, daß Bilder von den Dingen ausgehen, sieht und sie deshalb als zu v. 42—109 gehörig betrachtet. Denn bis zu diesem Punkte hat Lucrez nur davon gesprochen, daß die Bilder existiren, und welcher Beschaffenheit sie sind; daß man vermittelst derselben sehe, muß er erst auseinandersetzen. S. ist der Ansicht, daß das zwischen v. 229 und v. 239 verloren gegangene Stück vielleicht mit v. 195 begonnen habe. In der That ist der Vers viel mehr geeignet, einen neuen Abschnitt herüberleitend zu beginnen, als mitten in einer Periode ein anderes Moment hervorzuheben.

50) Brieger a. a. O. p. 435.

51) Diog. Laert. X, 50.

können. Es fehlt der Zwischensatz, daß die Bilder sich nur in gerader Linie bewegen, der sich v. 601 [52] findet. Die Bilder also, welche uns von rückwärts treffen, können nicht in unser Auge gelangen, weil sie die gewundene Linie um unsern Körper nicht zu beschreiben im Stande sind. Wir müssen erst den Blick in jene Richtung wenden, um die Bilder aufzufangen. — Dann lehrt uns Lucrez, daß wir die Entfernung zwischen uns und einem Gegenstande dadurch inne werden, daß die zwischen den=selben und uns befindliche Luft, von dem ausströmenden Bilde vorwärts getrieben, unser Auge vor dem Bilde selbst berührt (244—255). Sie gleitet, wie er sich ausdrückt, durch das Auge, indem sie die Pupille gleichsam abwischt. Je nach der größern oder kleinern Luftschicht, die auf das Auge trifft, wird dieses nun die Empfindung einer weitern oder geringern Entfernung des Gegenstandes haben. So geht es zu, meint der Dichter, daß wir auf einmal und ungemein rasch wahrnehmen, sowohl wie ein Gegenstand aussieht, als wie weit er von uns entfernt ist. — Hierauf folgt die Erklärung der schon v. 89 erwähnten Thatsache, daß die Bilder abgesondert nicht wahrgenommen werden (v. 255 bis 268). Die einzelnen, rasch sich folgenden Bilder werden mit den einzelnen Theilchen des Windes oder der Kälte verglichen, die gleichfalls nicht als solche empfunden werden, sondern nur den Gesammt= eindruck des Windes oder der Kälte geben. Wie wenig diese Beispiele zutreffen und beweisen, was sie sollen, erhellt auf den ersten Blick. Denn sowohl Wind als Kälte bestehen eben nur in der Ge= sammtheit der einzelnen Stöße, daß ich so sage, während der wahrgenommene Gegenstand den ein= zelnen Bildern, welche er entsendet, als ein Eigenwesen gegenüberstehen bleibt; die herandringenden Theile des Windes rufen auch wirklich den Eindruck eines herandringenden etwas hervor, indeß die gegen das Auge strömenden Bilder nicht nothwendig die Empfindung eines sich gegen uns bewegen= den, sondern in der Regel eines ruhenden Gegenstandes erzeugen. Wenn es eine Erscheinung gäbe, bei der wir eine Menge sich rasch hinter einander bewegender Körperchen als eine ruhende Gesammt= heit sähen, so würde dies Beispiel durch die Analogie für die Theorie des Lucrez von den Bildern sprechen. Oder wenn umgekehrt der wahrgenommene Gegenstand eine Gesammtheit wäre, die aus der Menge einzelner Bilder bestände, so würden jene Beispiele zutreffend sein. Uebrigens scheint die Erklärung des Problems (daß nicht die einzelnen Bilder, sondern der Gegenstand gesehen wird), welche jene Beispiele stützen sollen, auch die des Epicur gewesen zu sein. Ich schließe das aus der — freilich sehr verschieden interpretirten — Stelle Diog. Laert. X, 48, ῥεῦσις ἀπὸ τῶν σωμάτων τοῦ ἐπιπο-λῆς συνεχῆς συμβαίνει, οὐκ ἐπίδηλος αἰσθήσει διὰ τὴν ἀνταναπλήρωσιν, σώζουσα τὴν ἐπὶ τοῦ στερεμνίου θέσιν καὶ τάξιν τῶν ἀτόμων ἐπὶ πολὺν χρόνον κτε. Viele haben die Worte διὰ τὴν ἀνταναπλήρωσιν mit σώζουσα verbunden; aber die ἀνταναπλήρωσις, verschieden wie sie erklärt ist, kann doch gewiß nicht die Ursache davon sein, daß die einzelnen Bilder die Stellung der Atome bewahren, wie sie im Körper selbst ist, denn wir hören nirgends etwas davon, daß die Bilder sich gegenseitig durchdringen und eins in das andere hineintrete. Διὰ τὴν ἀνταναπλήρωσιν ist Er= klärung zu οὐκ ἐπίδηλος αἰσθήσει, und ἀνταναπλήρωσις ist nicht contraria oder reciproca re-pletio — welchen Sinn gäbe das — sondern, wie schon Rossi [53] interpretirt hat, continens sub-missio. Also weil die Bilder so ununterbrochen hinter einander folgen, das ist die Meinung Epicur's, werden nicht die einzelnen Bilder, sondern der Gegenstand wahrgenommen. Wir sehen, wie auf diesem Grunde die von Lucrez irrthümlich angenommene Beweiskraft der obigen Beispiele beruht.

Dasjenige Beispiel, welches er zuletzt anführt (265—268), ist indeß noch ungeschickter. Wir

---

[52] Perscinduntur enim, nisi recta foramina tranant.

[53] Diog. Laert. X, 48, f. Hübner's annotatio zu der Stelle.

fühlen ja auch, sagt er, während wir doch nur die äußerste Oberfläche des Steines berühren, die ganze Härte desselben aus seinem innersten heraus. Dies Beispiel würde offenbar nur dann passen, wenn nur das vorderste Bild unser Auge berührte und, durch die Reihe der nachfolgenden gedrängt, die Wahrnehmung des Gegenstandes erzeugte.

Mit v. 269 geht Lucrez zu einer Reihe andrer Probleme der sinnlichen Wahrnehmung über, die er seiner Theorie gemäß zu lösen sucht; zum Theil reichen sie schon in das Gebiet der optischen Täuschungen, obwohl er die eigentlichen optischen Täuschungen erst von v. 379 an behandelt.

Zuerst kommen einige auffallende Erscheinungen der Spiegelung zur Sprache (269—345). Den Alten scheinen die Spiegelbilder überhaupt ein interessantes Problem gewesen zu sein. Plutarch[54] überliefert uns mehrere Erklärungsversuche, von denen namentlich der der Pythagoreer interessant ist, weil er zeigt, wie diese Schule den Blick des Auges als eine Kraft auffaßt, die aus dem Auge hervortretend zu den Gegenständen hingeht und sich die Eindrücke gewissermaßen von ihnen herholt; so soll der Blick, von der dichten und glatten Oberfläche des Spiegels zurückgeworfen, in sich selbst zurückkehren. Das Moment des Zurückgeworfenwerdens findet sich also bei den Pythagoreern schon eben so gut wie in der jetzigen wissenschaftlichen Erklärung der Spiegelung, nur daß dort der Blick, hier die Lichtstrahlen, welche das Bild des Gegenstandes im Auge hervorrufen, zurückgeworfen werden sollen. Auch bei Epicur und Lucrez werfen die Spiegel zurück, aber weder den Blick noch die Lichtstrahlen, sondern die Bilder.[55] In welcher Weise dies Zurückwerfen geschieht, werden wir unten (zu v. 295) hören. — In dem Abschnitte von dem Spiegeln werden nun folgende Punkte von Lucrez erörtert: 1) warum das Bild nicht auf, sondern hinter der Spiegelfläche erscheint (von 269—291); 2) warum bei den Spiegelbildern rechts in links verwandelt wird (v. 292—325); 3) wie die Bilder von einem Spiegel in den andern geworfen werden können (v. 326—334); 4) warum eine besondere Art von Hohlspiegeln unser Bild so zurückwirft, daß rechts auch rechts bleibt (335—341); und endlich 5) weshalb wir unsere Bewegung am Spiegelbilde erblicken. Das erste Problem (daß wir die Bilder hinter der Spiegelfläche sehen) sucht er zu lösen, indem er die Bilder, welche scheinbar durch den Spiegel hindurch erblickt werden, gleichsetzt den Dingen, welche etwa aus dem Innern eines Hauses bei geöffneter Thür in Wahrheit[56] durch diese hindurch wahrgenommen werden. Dies geschieht nach der Theorie des Lucrez dadurch, daß einmal die Luftschicht zwischen der Thür und uns, vor dem Bilde der Thür her in unser Auge strömend, die Entfernung zwischen der Thür und uns, und dann die Luft zwischen dem draußen befindlichen Gegenstande und der Thür die Entfernung zwischen beiden in unsere sinnliche Wahrnehmung gelangen läßt. Da die Erscheinungen dieselben sind, so müssen nach der Ansicht des Dichters auch die Ursachen dieselben sein, es handelt sich also darum, bei der Wahrnehmung der Spiegelbilder die Wirkung einer zweiten Luftschicht auf unser Auge nach- zuweisen. Dies thut Lucrez, indem er außer der Luft, die das Bild des Spiegels vor sich hertreibt, noch eine Luftschicht, welche unser vom Spiegel zurückkehrendes Bild vor sich hertreibt, auf unser Auge wirken läßt. Er befindet sich bei dieser Erklärung freilich nicht in Uebereinstimmung mit dem Sachverhalt; wir sehen unser Bild nicht einen Augenblick später als den Spiegel, es müßte also

---

54) Plut. plac. IV, 14.

55) Plut. IV, 3, Δημόκριτος, Ἐπίκουρος τὰς κατοπτρικὰς ἐμφάσεις γίνεσθαι καὶ εἰδώ- λων ὑποστάσεις, ἅτινα φέρεσθαι μὲν ἀφ' ἡμῶν, συνίστασθαι δ' ἐπὶ τοῦ κατόπτρου κατὰ ἀντιπεριστροφήν.

56) Denn daß Lachmann v. 271 mit Unrecht vere in bene verwandelt hat, ist von den meisten längst eingesehen.

zugleich mit dem Bilde des Spiegels unser Auge erreichen und könnte nur dieselbe Luftschicht wie dieses vor sich hertreiben. Daß wir unser Bild eben so weit hinter der Spiegelfläche sehen, wie wir uns vor derselben befinden, wird uns von Lucrez nicht ausdrücklich gesagt; man würde es indeß aus seinen Worten folgern können; denn da die Luftschicht zwischen denselben Endpunkten doppelt zu uns gelangt, müssen wir unser Bild in einer Entfernung sehen, die doppelt so groß ist als die zwischen dem Spiegel und uns. Aber dennoch kann er jenes Gesetz der Spiegelung nicht beachtet haben, da es mit seiner Theorie nicht übereinstimmt, sobald wir den Fall setzen, daß nicht unser Bild, sondern das irgend eines andern Gegenstandes im Spiegel von uns wahrgenommen werde, und zwar eines solchen, der demselben näher oder ferner ist als wir. Denn da nicht die Luftschicht zwischen dem Spiegel und dem Gegenstande, sondern die zwischen dem Spiegel und uns doppelt unser Auge trifft, so würden wir das Bild des Gegenstandes so weit hinter dem Spiegel sehen, wie wir uns vor demselben befinden — was bekanntlich nicht der Fall ist. — Zweitens will Lucrez zeigen, wodurch unsere rechte Seite zur linken des Spiegelbildes wird und umgekehrt. Wenn das von uns ausströmende Bild den Spiegel treffe, so werde es nicht ohne Veränderung einfach umgedreht, sondern vorn platt gedrückt und nach rückwärts in dieselbe Form, welche es zuvor vorn hatte, herausgepreßt, wie eine frische Kreidemaske gegen einen Pfeiler gedrückt vorn sogleich eine gerade, nicht erhabene Fläche bekomme und nach rückwärts herausgepreßt nun hinten dieselben Züge zeige wie vorn. So also werde, was rechts war, links, und was links war, rechts.[57]) — Ferner bespricht der Dichter die Thatsache, daß man auch ein im innersten Winkel des Hauses verborgenes draußen durch Vermittelung mehrerer Spiegel erblicken könne, indem das Bild von einem Spiegel in den andern geworfen werde und zwar so, daß, was durch den ersten Spiegel links geworden, durch den zweiten Spiegel wieder rechts, durch den dritten abermals links werde und so weiter.[58]) — Auf derselben Ursache beruht es vielleicht,

---

57) In v. 295 gilt die Negation sowohl von convertitur als von incolumis, denn convertitur ist nicht gleich repellitur, wie es von Creech übersetzt wird. Lucrez behauptet ja eben, das Bild werde nicht umgedreht, so daß es uns nun so gegenüber stände, wie wir selbst uns gegenüber stehen würden, und so daß seine rechte Seite die rechte bliebe — sondern es werde zurückgeworfen. In v. 323 ist schon im Mittelalter an dem rectam si fronte figuram Anstoß genommen worden vgl. Brieger a. a. O. Dieser nimmt die alte Conjectur forte für fronte wieder auf. Doch scheint mir forte an dieser Stelle durchaus nicht zu passen. In der Einführung eines Vergleiches ist es am Platze, und so steht es auch in den Stellen (IV, 126. 619. 752), welche Brieger vergleicht; dem würde hier entsprechen, wenn es hieße: si quis forte creteam personam adlidat. Ferner ist continuo nicht recht vereinbar mit servet. Und was soll recta figura heißen? Die richtige d. i. dieselbe Gestalt wie vorher? aber sie bleibt ja nicht incolumis, nicht dieselbe, sondern rechts wird zu links und umgekehrt. Oder soll es nur bedeuten: dieselben Züge, eine ebenso geformte Stirn, Nase u. s. w.? Ich glaube kaum, daß dies in recta liegen kann. Vielmehr heißt recta schon in v. 295 grade gemacht, grade. Die Erhabenheiten des Bildes werden eingedrückt, so daß es an der Vorderseite, mit der es gegen den Spiegel getroffen ist, platt wird. Diese selben Erhabenheiten werden wie bei einer frischen Kreidemaske nach hinten hinausgedrückt. Und nun ist v. 322 ff. zu lesen: Atque ea continuo rectam si fronte figuram Sumat = und diese Maske augenblicklich (wenn sie gegen einen Pfeiler gedrückt wird) auf der (bisherigen) Vorderseite eine grade, abgeplattete Gestalt annimmt. So erst kommen incolumis und recta v. 295 in den richtigen Gegensatz, den die Stellung der Worte indicirt, der aber bei der gewöhnlichen Erklärung von recta aufgehoben wird.

58) Daß v. 333 zu data est zu ergänzen ist a primo speculo, erhellt nicht nur aus rusum, sondern auch aus laeva, denn wenn Lucrez von der ersten Vertauschung der Seiten durch einmalige Spiegelung redet, so sagt er stets: die rechte Seite wird zur linken, vgl. v. 292. 324. Hier aber wird das „linke" (d. h. einmal verkehrt gewordene) Bild wieder zum „rechten". — V. 334 behalte ich gegen Lachmann mit andern die Lesart des Textes convertit bei. Ich habe Anm. 57 darauf hingewiesen, daß das Bild nach der Meinung des Dichters eben nicht „convertitur." Hier

wie Lucrez meint, wenn ein aus kleinen Spiegeln zusammengesetzter Hohlspiegel unser Bild so zurück=
wirft, daß rechts rechts bleibt, daß also unser Bild uns so gegenüber steht, als ob wir uns selbst
gegenüber ständen. Es werden freilich zwei Erklärungen als möglich angegeben; die eine, daß das
Bild von der einen kleinen Spiegelfläche in die andere so oft[59]) geworfen werde daß wir es zuletzt
in der angegebenen Gestalt wahrnehmen; die zweite, daß das Bild an der concaven Fläche des Ge=
sammtspiegels herumgeführt (nicht zurückgeworfen und nach rückwärts herausgepreßt) und so also
wirklich wieder in die Richtnng nach uns hin herumgedreht werde.[60]) Ueber die Art der betreffenden
Spiegel hat Munroe (Notes II zu dieser Stelle) ausführlich gesprochen und gezeigt, daß dieselben
seitlich, nicht vertical, concav sind, von hinten gesehen also convex und von einer dem menschlichen
Körper ähnlichen Rundung erscheinen. Sie waren bei den Römern aus einer Anzahl kleiner Spiegel
zusammengesetzt. — Daß wir endlich unser Bild im Spiegel sich — uns entsprechend — bewegen
sehen, wird daraus erklärt, daß von der Stelle, der wir eben noch gegenüberstanden, sobald wir
weitergegangen sind, die Bilder nicht mehr zu uns zurückkehren können, da alles unter dem gleichen Winkel
abschlagen muß, wie es aufgeschlagen ist. Unter dem Weitergehen ist natürlich ein seitwärts Vorbei=
gehen zu denken. Ob nun Lucrez meint, daß die Bilder, welche vom eben verlassenen Standpunkte
her den gegenüberliegenden Punkt des Spiegels getroffen haben, nicht mehr zu uns, den weiter=
geschrittenen, gelangen können, weil sie wieder senkrecht zurückgeworfen werden, oder daß die Bilder
von unserm jetzigen Standpunkte aus zwar den Punkt des Spiegels, welchem wir eben gegenüber=
standen, treffen, von demselben aber in gleichem Winkel abschlagend nicht wieder zu uns gelangen
und nicht also den Eindruck in uns erzeugen können, als befinde sich unser Bild noch auf dem alten
Platze und habe sich nicht bewegt — das läßt sich kaum entscheiden. V. 345 Continuo nequeant
illinc simulacra reverti spricht mehr für das erstere, v. 347 Ac resilire ab rebus ad aequos
reddita flexus für das letztere, da ein Zurückschlagen in senkrechter Linie wohl nicht durch flexus be=
zeichnet sein dürfte.

Nachdem die Spiegel abgethan, weist Lucrez v. 299—306 nach, warum unsere Augen es nicht
ertragen, in einen hellen Glanz zu sehen. Zwei Ursachen führt er auf, die erste macht er an dem
Beispiel der Sonne deutlich. Ihre Bilder treffen, wie er meint, das Auge allzu heftig und bringen
ihre eigene Zusammensetzung in Unordnung, weil sie aus so großer Höhe herabkommen. Dies hat
freilich mit der glänzenden Beschaffenheit der Sonne gar nichts zu thun; auch müßte dann ebenso
gut der Anblick eines sehr hoch fliegenden Vogels unserm Auge unerträglich sein. Die zweite Ursache
soll darin bestehen, daß jedes glänzende viele Atome des Feuers enthalte und die Augen deshalb

---

heißt convertit (sc. se) eodem: es verwandelt sich wieder in dieselbe Gestalt, nämlich in die, welche es nach der ersten
Spiegelung gehabt. Lachmann verweist für seine Aenderung auf v. 295 und v. 341. An beiden Stellen bedeutet
converti umgekehrt werden. Hier aber ist weder dieser Begriff noch der des einfachen Zurückkehrens möglich — denn
was sollte es bedeuten: es kehrt eben dahin zurück? — sondern der oben angegebene Begriff der Verwandlung durchaus
nöthig.

59) bis (v. 339) bedeutet: so vielmal, daß die Zahl der Spiegelungen durch 2 dividirt werden kann. Denn
das Bild geht doch nicht nur durch zwei Spiegel.

60) Munroe interpretirt ad nos (v. 341) = ita ut nos sumus, ad exemplum nostri. Das soll die ganz
specielle Bedeutung haben: so daß das Bild wieder rechts und links da zeigt, wo wir es haben; während ad nos =
ad exemplum nostri nur die allgemeine Bedeutung haben kann: ähnlich wie wir. Wenn man sich genau vorstellt,
wie sich Lucrez den Vorgang gedacht hat, so wird man convertier ad nos nicht anders auffassen können, als es oben
geschehen ist.

versenge. Hieraus geht hervor, daß nach der Meinung des Lucrez in den Bildern dieselbe Zusammen=
setzung der Atome besteht wie in den Gegenständen, von denen sie ausströmen — eine Frage, auf die
ich später zurückkommen werde. — Von v. 307—378 erklärt der Dichter ferner aus seiner Theorie,
warum den gelbsüchtigen alle Dinge von einer gelbgrünen Farbe erscheinen; warum wir aus der
Dunkelheit hervor die im Licht befindlichen Dinge sehen, umgekehrt aber, wenn wir selbst im Lichte
stehen, die in Dunkel gehüllten Gegenstände nicht sehen können[61]); warum ein viereckiger Thurm uns
aus der Entfernung rund erscheint; endlich, wie es zugeht, daß unser Schatten sich mit uns bewegt
und uns folgt. In der Erklärung aller dieser Probleme ergeben sich neue und wichtige Gesichtspunkte
nicht; ich werde deshalb die Ausführung des einzelnen übergehen, mit Ausnahme des letzten Punktes,
weil Lucrez an diesen seine theoretische Erörterung anknüpft. Er bestreitet also, daß der Schatten sich
bewege; weil er kein Körper sei, sondern nichts als eine Luftschicht, der durch den Körper das Sonnen=
licht entzogen werde. Dies geschehe, sobald wir uns fortbewegen, einer andern Luftschicht, während
die bisher dunkle Stelle wieder mit Licht angefüllt werde; daher der Schein, als bewege sich der
Schatten. — Hieran knüpft nun Lucrez die Ermahnung, aus allen solchen Dingen nicht zu schließen,
daß die Augen sich täuschen. Denn wo Schatten oder Licht sei, das zu erkennen eigne den Augen;
ob der Schatten sich bewegt habe, oder vielmehr eine andere Stelle statt der eben verdunkelten des
Lichts beraubt werde, das müsse der Geist unterscheiden, da die Augen das eigentliche Wesen der
Dinge nicht erkennen können.[62]) Lucrez kommt also schon hier, nachdem nur der Gesichtssinn besprochen
ist, auf die Frage von der Zuverlässigkeit der sinnlichen Wahrnehmung, indem er, was von allen
Sinnen gelten soll, am Gesichtssinn nachzuweisen sucht, der in der That den meisten Täuschungen
unterworfen und daher von den Verfechtern der Unzuverlässigkeit sinnlicher Wahrnehmung vorzugs=
weise benutzt war, um ihre Ansicht als richtig zu erweisen. Unser Dichter folgt in jener Anordnung
dem Epicur, der die Lehre von der Untrüglichkeit der Sinneswahrnehmungen ebenfalls seiner Theorie
vom Sehen unmittelbar folgen läßt[63]) und dann erst die Wahrnehmungen der übrigen Sinne erörtert.[64])

Ebenso wie nun nach Epicur der Irrthum aus dem hervorgeht, was der Geist an den sinnlichen
Eindruck anknüpfend hinzuthut, so schreibt auch Lucrez die Schuld jedes Irrthums dem Geiste zu.[65])
Diese Ansicht ist ja nicht ganz unbegründet. Was unsere Sinne in gesundem Zustande des Leibes
und der Seele wahrnehmen, das nehmen sie wirklich wahr; an der Thätigkeit des Geistes ist es, durch
Combination und Abstraction aus diesen Wahrnehmungen auf den wirklichen Zustand der Dinge zu
schließen. Wenn wir z. B. einen Wald vom Duft der Ferne halb verschleiert wahrnehmen, so sagt

---

61) Man vergleiche, wie Anaxagoras mit einem auf entgegengesetzter Anschauung beruhenden Grunde erklärt,
warum die dunkeln Augen bei Tage, die hellen bei Nacht besser sehen. Lucrez läßt das Dunkel, welches unser Auge
umgiebt, durch einen Strom von lichterfüllter Luft zerstreut werden, bevor die Bilder in das Auge kommen, und um=
gekehrt die dickere, dunkle Luft alle Zugänge der Augen verstopfen, so daß die Bilder nicht hineingelangen können.
Daß das helle zugleich leichter und dünner, das dunkle zugleich dichter und schwerer sei, ist eine Annahme, die wir in
der ganzen griechischen Physik finden.

62) Vgl. den Ausspruch des Epicur, daß die Sinne nur dann irren, wenn sie über Dinge urtheilen wollen, die
nur der Geist erkennen kann, Plut. plac. IV, 9, 2 $\varkappa\alpha\grave{\iota}\ \grave{\eta}\ \mu\grave{\epsilon}\nu\ \alpha\H{\iota}\sigma\vartheta\eta\sigma\iota\varsigma\ \mu o\nu\alpha\chi\tilde{\omega}\varsigma\ \psi\epsilon\upsilon\delta o\pi o\iota\epsilon\tilde{\iota}\tau\alpha\iota\ \tau\grave{\alpha}\ \varkappa\alpha\tau\grave{\iota}$
$\tau\grave{\alpha}\ \nu o\eta\tau\acute{\alpha}$.

63) Diog. Laert. X, 50.

64) Diog. Laert. X, 52.

65) v. 386 Proinde animi vitium hoc oculis adfingere noli; v. 464 quoniam pars horum maxima fallit
Propter opinatus animi, quos addimus ipsi.

nicht das Auge, sondern der Geist uns, daß wir eine Masse von einzelnen Bäumen, die sehr weit von uns entfernt sind, erblicken. Trotzdem ist die Wahrnehmung einer dunklen Masse, aus der keine einzelne Gestaltung hervortritt, wahr und wirklich gewesen; das Auge hat das Bild, welches ihm die Außenwelt geboten, getreu dem Nerv überliefert, damit dieser es dem Geiste zuführe. Damit aber der Geist die einzelne Wahrnehmung auf ihre richtige Ursache zurückführen und das Wesen der Dinge erkennen kann, ist es nöthig, daß er das Zeugniß des einen Sinnes dem des andern vergleichend gegenüberstelle. Dies verbieten freilich Epicur und Lucrez,[66]) wie wir später sehen werden.

Wenn aber Epicur wiederum sagt, eine Meinung, die doch stets aus Veranlassung einer sinnlichen Wahrnehmung entstanden ist, sei richtig, wenn ihr das Zeugniß der Sinne nicht widerspreche,[67]) so kann das doch nur heißen, wenn eine neue Wahrnehmung desselben Sinnes, dessen frühere Wahrnehmung die Meinung hervorgerufen, oder Wahrnehmungen anderer Sinne der Meinung nicht widersprechen.[68]) Wir sehen, daß Epicur, wie über so viele Dinge, so auch darüber nicht zu einer festen, klaren, abgegrenzten Meinung gekommen ist, wie weit das Zeugniß der Sinne Geltung hat, und wo die Grenze zwischen der Thätigkeit der Sinne und des Geistes zu ziehen ist. Denn einerseits räumt er ein, daß die Sinne nicht genügen, das Wesen der Dinge zu erkennen, andrerseits behauptet er, daß die einzelne sinnliche Wahrnehmung weder nach einer anderen noch durch den Geist beurtheilt und berichtigt werden dürfe. Und dennoch kommt er nicht zu der Folgerung, daß das wirkliche Wesen der Dinge überhaupt nicht erkannt werden könne. Diese Unklarheit geht natürlich auf Lucrez über. So könnte man aus v. 385 (Nec possunt oculi naturam noscere rerum), wenn man nicht v. 482 dagegen hielte, zu der Ansicht kommen, Lucrez räume den Sinnen ein sehr kleines Gebiet ein, er halte ihre Wahrnehmung für wirklich, aber das wahrgenommene für zweifelhaft, da durch die Thätigkeit des Geistes ein Irrthum hineinkommen könne. Er weiß eben sein Dogma von der Untrüglichkeit der Sinne nicht anders zu vertheidigen, als daß er da, wo jeder Mensch von ihrem Irren überzeugt ist, eine Abweichung von seiner eigenen Lehre sich erlaubt. Um die Autorität der Sinne zu wahren, die schließlich doch über alles entscheiden soll, von der alles abgeleitet wird, grenzt er da, wo es sich um sogen. optische Täuschungen handelt, ihre Wirksamkeit enger ab und mißt alle Schuld dem irrenden Geiste bei, während er an einer spätern Stelle (v. 484) die denkende Thätigkeit des Geistes ganz aus den Sinneswahrnehmungen hervorgehen läßt. Nachdem er so die Sinne von dem Vorwurf der Unzuverlässigkeit befreit zu haben glaubt, kann er ruhig eine Reihe von optischen Täuschungen der Betrachtung unterziehen (v. 387—468), wahrscheinlich dieselben, welche häufig schon dem feindlichen Lager als Waffe gedient hatten; denn nun sind es für seine gläubigen Leser nicht mehr Täuschungen der Augen, sondern des Geistes.

Ich werde kurz die einzelnen Beispiele aufzählen:

Das Schiff, auf dem wir fahren, scheint zu stehen, die feststehenden Berge und Fluren scheinen vorbeizufliegen. So scheinen die Sterne am Himmel festzustehen und sind doch in beständiger Be-

---

66) Diog. Laert. X, 32; Lucr. IV, 456 ff.

67) Diog. Laert. X, 61 am Schluß.

68) Dieses Kriterium ist von Epicur, wie es scheint, hauptsächlich der Atomenlehre zu Liebe aufgestellt worden. Denn daß alle Dinge aus Atomen bestehen, erkennen wir ja allerdings mit den Sinnen nicht. Deshalb ist die Hinneigung des Atomikers Metrodor zum Skepticismus (s. unten) erklärlich. Epicur aber bedarf für sein System, namentlich für die Ethik den praktisch verwerthbaren Satz von der Entstehung der Welt aus den Atomen. So argumentirt er denn wahrscheinlich: die Existenz der Atome ist eine Meinung; das Zeugniß der Sinne widerspricht ihr nicht; also ist sie richtig.

wegung. Zwei Berge, die aus dem Meere emporragen, und zwischen denen eine ganze Flotte hindurchfahren kann, erscheinen aus der Ferne wie eine zusammenhängende Insel. Den Knaben, die eben aufgehört haben, sich im Kreise herumzuwirbeln, scheint Flur und Pfosten sich um sie zu drehen. Wenn die Sonne über die Berge emporzusteigen beginnt, so scheint sie dicht über ihnen zu stehen und sie mit ihrem Feuerball fast zu berühren; zwischen ihnen aber und der Sonne liegen unermeßliche Meeresflächen und zahllose Länder. In einen kleinen Wassertümpel glaubt man so weit hinabsehen zu können, als der Himmel hoch ist. Ein Pferd, das quer im Strome steht, scheint sich seitwärts,[69] den Strom hinauf, zu bewegen. Eine Säulenhalle mit parallel laufenden Säulenreihen verjüngt sich für unser Auge nach unten zu und scheint in die undeutlich werdende Spitze eines Kegels auszulaufen. Wir sehen die Sonne aus den Wogen hervor und in sie hinabsteigen. Die Ruder, welche zum Theil aus dem Wasser hervorragen, erscheinen gebrochen. Wenn der Wind zerrissene Wolken rasch am nächtlichen Himmel dahinjagt, scheinen die Sterne sich den Wolken entgegen zu bewegen. Das Auge, von unten her mit dem Finger gepreßt, sieht alles doppelt. Im Schlafe glauben wir zu wachen und uns zu regen, trotz der tiefsten Finsterniß die Sonne und das Tageslicht zu sehen, in eingeschränktem Raume über Meere, Flüsse und Berge zu wandern und, während ringsum die Nacht in Schweigen ruht, Töne zu hören, zu reden, während wir still sind.

Lucrez schließt diesen Abschnitt mit einer erneuten Betheuerung, daß alle diese Täuschungen den „Meinungen" des Geistes zur Last fallen, welche wir selbst hinzufügen. Wenn er dann v. 466 fortfährt[70]): „So daß wir etwas für gesehen halten, was wir nicht gesehen haben", so ist es schwer, zu bestimmen, was diese Worte bedeuten. Er kann nicht sagen wollen, die Phantasie spiegle uns in solchen Fällen Wahrnehmungen vor, während unsere Sinne deren überhaupt nicht gemacht haben; dies würde wenigstens nur auf die letzten der aufgezählten, auf die Erscheinungen, welche wir im Traume haben, passen. Es scheint also in diesen Worten der Gedanke zu liegen, daß der Geist durch seine Zuthaten die Wahrnehmungen so verändere, daß wir schließlich etwas ganz anderes gesehen zu haben glauben, als was wir in Wirklichkeit gesehen haben, daß wir z. B. die Ruder im Wasser gebrochen zu sehen glauben, während wir sie in Wahrheit nicht so sehen. Was giebt uns nun freilich Gewißheit, wann wir richtige, wann durch unsern Geist entstellte Wahrnehmungen haben? Sagt doch Lucrez selbst, nichts sei mühseliger als das klare, sichere von dem zu scheiden, was der Geist aus sich hinzufügt. Wo bleibt dann aber die Untrüglichkeit der sinnlichen Wahrnehmungen, auf der das ganze System wie auf einer Grundlage ruht?

Durch die forschende Thätigkeit des Geistes, welcher die gegen einander abgewogenen Wahrnehmungen der einzelnen Sinne zur Grundlage genommen hat, sind unsrer Wissenschaft die Naturgesetze bekannt geworden, auf denen die sogen. Sinnestäuschungen beruhen. Die geringe Kenntniß der Alten von der Natur ist es hauptsächlich, welche die sensualistischen Dogmatiker unter den alten Philosophen zu einer Erklärung der optischen Täuschungen gezwungen hat, die zum Theil dem Kern ihrer Lehre von den Sinneswahrnehmungen ins Gesicht schlägt; sie ist es vorzugsweise, welche die Gegner dazu geführt hat, die Zuverlässigkeit der sinnlichen Wahrnehmungen zu leugnen. Das Lager derselben ist aber gespalten; die einen, wie Anaxagoras, Democrit, Plato halten den Geist für be-

---

69) Das Pferd ist im Begriff, quer durch den Fluß zu gehen, scheint sich also, wenn es stille steht, seitwärts stromaufwärts zu bewegen. Munroe übersetzt dagegen: athwart the current, was, so viel ich weiß, quer durch die Strömung bedeutet. Das Pferd bewegt sich aber nicht quer durch den Strom, sondern dem Strome entgegen.

70) Pro visis ut sint quae non sunt sensibus visa.

rufen, die Sinne zu corrigiren und die Wahrheit zu erkennen; die andern, welche ebenso wie die Stoiker und Epicureer Inhalt und Kraft des Geistes aus den sinnlichen Eindrücken allein hervor=gehen lassen, die Sophisten, Cyrenaiker, Skeptiker, neueren Akademiker, leugnen infolge dessen auch, daß der Geist im Stande sei, die Wahrheit zu erkennen, sie behaupten mit mehr oder weniger Ge=wißheit, daß wir nichts wissen können. Mehrere von ihnen, darunter Metrodor von Chios, der jüngere Atomiker [71]), und Carneades [72]), der neuere Akademiker, gehen in der Consequenz so weit, daß sie zugeben, auch das könne man nicht wissen, ob man nichts wisse.[73]) — Eben diese Folgerung gebraucht nun Lucrez als Waffe in seiner Polemik gegen Skeptiker und neuere Akademiker, die v. 471 beginnt. Mit denen, meint er, welche behaupten, man könne nichts wissen, wolle er sich des Streites begeben. Denn da man nun auch dies nicht wissen könne, ob man wirklich nichts wisse, so hebe jener Satz sich selbst auf [74]). Lucrez beachtet also nicht, daß seine Gegner eben das, was er als Waffe gegen sie gebraucht, selbst schon ausgesprochen haben; daß sie gar nicht wünschen, daß man ihnen — was er im folgenden thut — zugebe, jenes eine könne wenigstens gewußt werden. Den neueren Akademikern war es eben nicht darum zu thun, wie den Stoikern und Epicureern, ein Dogma aufzustellen, sondern nur darum, zu zeigen, daß man auf jede feste Ueberzeugung verzichten müsse, und erst, wenn man dies gethan, zur Unerschütterlichkeit des Gemüths und dadurch zur wahren Glück=seligkeit gelangen könne [75]). Lucrez aber faßt im weiteren Verlaufe seiner Polemik jenen Satz, daß man nichts wissen könne, als ein Dogma der Gegner auf; er will ihnen einräumen, daß sie dies eine wenigstens wissen können, und fragt nun, woher ihnen, wenn sie in den Dingen der Außenwelt nie etwas wahres gesehen haben, der Begriff des wahren und des falschen gekommen sei, wodurch sie gelernt haben, den Begriff des zweifelhaften und des sichern gegen einander abzugrenzen [76]). Er will also sagen, man müsse irgend einmal etwas wahres gesehen und erfahren haben, wenn man den Begriff des wahren kenne. Und da nun seine Gegner ebenso wie er selbst die angeborenen Ideen des Geistes läugnen und Kraft und Inhalt desselben als aus den sinnlichen Wahrnehmungen hervor=gegangen betrachten, so kann er weiter folgern, daß, wenn man den Begriff des wahren habe, der=selbe nur aus den sinnlichen Wahrnehmungen entstanden sei, daß man folglich diesen trauen dürfe. Diesen Satz unterstützt er dann weiter durch eine dem Epicur entlehnte Ausführung. Wir lesen

---

71) Zeller I, 779. Zeller in seiner Vorliebe für die Atomistik will Metrodor gegen den Vorwurf der Skepsis retten, indem er meint, die Wahrheit des Denkens scheine er nicht bestritten zu haben; wie das trotz seines Satzes οὐδεὶς ἡμῶν οὐδὲν οἶδεν, οὐδ' αὐτὸ τοῦτο πότερον οἴδαμεν möglich sein soll, verstehe ich nicht.

72) Zeller IIIa, 459; Anmerkung 3.

73) Cic. Ac. pr. II, 9.

74) Der Satz: man kann nichts wissen, hat nach der Ansicht des Lucrez seinen Widerspruch in sich selbst. Der Begriff des Selbstwiderspruchs kann nicht sinnlicher veranschaulicht werden als wie es v. 472 geschieht: durch das Bild eines Menschen, der auf dem Kopfe steht. Es ist ein Stehen und doch wieder das Gegentheil vom Stehen, denn die Füße schweben ja frei in der Luft. Denselben Sinn scheint Munroe in v. 472 gefunden zu haben, obwohl seine Aeuße=rung (s. Not. II zu der Stelle) unklar ist. Die Interpretationen, welche sich bei Creech und Lachmann finden, treffen nicht das richtige.

75) Zeller, IIIa, 444. 445.

76) Notitia veri in v. 476 ist der Begriff des wahren, nicht die Kenntniß desselben, wie Munroe übersetzt; denn die Skeptiker leugnen ja eben, daß sie eine Kenntniß des wahren besitzen. Auch dubium wie certum in v. 477 sind abstract als Begriff des zweifelhaften und sichern zu fassen, da etwas sicheres im concreten Sinne von jenen nicht angenommen wird.

nämlich bei Epicur⁷⁷) da, wo er über die Wahrheit der Sinneswahrnehmungen spricht, folgendes: οὐδ' ἐστὶ τὸ δυνάμενον αὐτὰς διελέγξαι· οὔτε γὰρ ἡ ὁμοιογενὴς αἴσθησις τὴν ὁμοιογενῆ διὰ τὴν ἰσοσθένειαν, οὐδ' ἡ ἀνομοιογενὴς τὴν ἀνομοιογενῆ· οὐ γὰρ τῶν αὐτῶν εἰσι κριτικαί· οὐδ' ἡ ἑτέρα τὴν ἑτέραν, πάσαις γὰρ προσέχομεν· οὔτε μὴν λόγος· πᾶς γὰρ λόγος ἀπὸ τῶν αἰσθήσεων ἤρτηται. Wenn wir mit dieser Stelle das Stück des Lucrez von v. 480—498 vergleichen, so sehen wir, daß dieser nur die Ordnung der einzelnen Theile etwas verändert hat. Er fragt zuerst: kann die Vernunft dasjenige sein, was eine größere Glaubwürdigkeit als die Sinne besitzen soll, um das Zeugniß derselben corrigiren zu können? aber wenn die Vernunft mit einer falschen Sinneswahrnehmung verbunden ist, wie kann sie die einzelnen Wahrnehmungen prüfen und corrigiren, da sie ganz aus denselben hervorgegangen ist⁷⁸)? wenn diese falsch sind, kann auch sie nicht zulässig sein. Dann führt Lucrez von v. 486—496 die Worte des Epicur οὐδ' ἡ ἑτέρα τὴν ἑτέραν (sc. διελέγξαι) weiter aus, und schließt mit fast eben diesen Worten (Non possint alios alii convincere sensus: die Wahrnehmungen des einen Sinnes können nicht die des andern als irrig nachweisen). Epicur begründet einfach: πάσαις γὰρ προσέχομεν, denn es handelt sich um die Glaubwürdigkeit aller, d. h. das eine unsichere kann nicht ein anderes corrigiren. Lucrez begründet den Satz damit, daß er sagt, jeder Sinn habe eben sein abgegrenztes Gebiet und könne deshalb über das, was in das Gebiet des andern gehört, keine Beweiskraft haben. — Mit den Versen 497 und 498 giebt Lucrez verkürzt die Worte des Epicur von οὔτε γὰρ ἡ ὁμοιογενὴς — εἰσι κριτικαί wieder. Epicur unterscheidet zwischen den Wahrnehmungen eines Sinnes, ob sie sich auf ähnliches beziehen — dann haben sie gleiche Glaubwürdigkeit; oder auf unähnliches — dann können sie nicht zu Richtern über ein und dieselbe Sache gemacht werden⁷⁹). Lucrez spricht, wie wir sehen, nur über die erste Gattung dieser Wahrnehmungen. Er schließt dann dieses Stück mit der Behauptung: was in jedem Momente von den Sinnen wahrgenommen wird, das ist wahr — ein Satz, der sich auch bei Epicur an mehreren

---

77) Diog. Laert. X, 31 ff.

78) v. 483 und 484; ich lese:

> Debet? an ex sensu falso ratio apta valebit
> Dicere eos contra, quae tota ab sensibus orta est?

Die Lesart der Handschriften ex sensu falso ratio orta bedarf, wie mir scheint, durchaus einer Aenderung. Denn was sollte das heißen, wenn Lucrez fragte: wie kann die aus falscher Sinneswahrnehmung hervorgegangene Vernunft gegen die Sinneswahrnehmungen beweisen, die doch ganz aus denselben hervorgegangen ist? Hingegen geben die Verse mit meiner Veränderung den hier durchaus nothwendigen Sinn: wie kann die Vernunft, welche ganz aus den sinnlichen Wahrnehmungen hervorgegangen ist, gegen dieselben zeugen, wenn sie mit täuschenden Sinnen verknüpft ist? Man betrachte wohl den Unterschied zwischen dem Singular und Plural von sensus. Der Singular entspricht hier dem Epicureischen αἴσθησις = facultas sentiendi, der Plural dem Epicureischen ἐπαισθήματα = effectus sentiendi, vgl. Plut. plac. IV, 8, 2.

79) So glaube ich, ist ὁμοιογενής und ἀνομοιογενής zu erklären. Αἴσθησις ὁμοιογενής kann nicht die gleiche sinnliche Wahrnehmung bedeuten, denn es handelt sich nicht darum, daß die Wiederholung einer früheren Wahrnehmung ebendiese als richtig, sondern daß die eine die andere als falsch erweise; διελέγξαι entspricht dem Sponte sua veris quod possit vincere falsa des Lucrez (v. 481). Αἰσθήσεις ὁμοιογενεῖς sind solche Wahrnehmungen ein und desselben Sinnes, welche sich auf der Art nach gleiche Dinge beziehen, über diese Dinge aber verschiedenes aussagen; diesen verschiedenen Aussagen eignet dieselbe Glaubwürdigkeit (διὰ τὴν ἰσοσθένειαν; aequa fides quoniam debebit semper haberi). Αἰσθήσεις ἀνομοιογενεῖς sind solche Wahrnehmungen eines Sinnes, welche über der Art nach verschiedene Dinge aussagen und deshalb nach Epicur's Meinung gar nicht gegen einander zeugen können.

Stellen findet [80]). Die Consequenz hiervon ist, daß auch die verschiedenen Wahrnehmungen mehrerer Menschen welche sie über ein und dasselbe zu gleicher Zeit haben, gleich wahr sein müssen. Lucrez äußert sich gar nicht darüber; Epicur erklärt sie in der That für gleich wahr und begründet seine Ansicht, indem er annimmt, von den Dingen, die ja so verschiedene Atome enthalten, gehen verschiedenartige Ausflüsse aus; die einen sind den Poren dieses, die andern den Poren jenes Menschen angemessen, und daher empfindet vielleicht der eine einen Gegenstand als warm, der andere als kalt, weil Atome sowohl des warmen wie des kalten in demselben enthalten sind [81]).

Die Consequenz dieser Begründung wären eigentlich die Sätze des Protagoras: Für jeden ist das wahr, was er empfindet, und: Der Mensch ist das Maß aller Dinge [82]). Daß Epicur diese Consequenz nicht zieht, wissen wir, und erwarten wir gemäß seiner Unklarheit nicht anders.

Die Verse, mit denen Lucrez die Polemik gegen die Skeptiker schließt, zeigen wieder einmal deutlich, wie wenig es ihm und der ganzen epicureischen Schule auf eine wirkliche Erforschung der Vorgänge bei der sinnlichen Wahrnehmung ankam. Er sagt nämlich, wenn die Vernunft nicht im Stande sei, zu erklären, warum wir etwas bald so bald anders wahrnehmen, so sei es doch besser, eine falsche Ursache anzunehmen, als die Untrüglichkeit der sinnlichen Wahrnehmung zu verwerfen. Das Dogma soll absolut aufrecht erhalten werden, und müßte man auch zu diesem Zwecke alle Schwierigkeiten einfach dadurch beseitigen, daß man sie auf jede beliebige Weise erklärt. Man vergleiche dazu die stets wiederholten Ermahnungen des Epicur, die Erscheinungen am Himmel lieber auf jede mögliche natürliche Weise zu erklären, als sie für göttliche Wesen zu halten [83]). Lucrez übertreibt bei dieser Gelegenheit zugleich die Gefahr, die aus dem Mißtrauen in die sinnliche Wahrnehmung entspringen soll, indem er behauptet, mit diesem Mißtrauen werde man vor den offenbarsten Fährlichkeiten, welche uns die Sinne zeigen, sich nicht hüten, es breche also nicht nur alle Vernunft, sondern das Leben selbst zusammen, wenn man den Sinnen nicht mehr traue. Deshalb müsse man überzeugt sein, daß, wie ein Gebäude überhänge und den Einsturz drohe, wenn es nach falschem Richtmaß erbaut sei, so auch jede Philosophie falsch und schlecht sei, die von dem Satze ausgehe, daß die Sinneswahrnehmung trüge [84]).

Von v. 521 an behandelt Lucrez die Wahrnehmungen der übrigen Sinne und vergleicht demnächst die Ausflüsse, welche die Sinne afficiren, indem er einen Unterschied zwischen ihnen statuirt, vermöge dessen die einen in diesen die andern in jenen Sinn, je nach der Verschiedenheit der Poren, eindringen. Dann redet er von den Erscheinungen, welche die Einbildungskraft, welche der Traum uns vorspiegelt, und erörtert noch einige in das Gebiet der sinnlichen Wahrnehmung gehörende Fragen. Diese Materien zu bearbeiten behalte ich mir für eine spätere Gelegenheit vor.

---

80) Plut. plac. IV, 9, 2; adv. Col. IV, 3.

81) Zeller, IIIa, 362; Plut. adv. Colot. V.

82) Ritter und Preller, hist. phil. Graecae et Romanae, 185. 187.

83) Diog. Laert. X, 91, ff.

84) Diesen Sinn müssen die Worte: falsis quaecumque ab sensibus orta'st (v. 521) haben. „Eine Erklärung der Dinge, welche auf falschen Sinneswahrnehmungen basirt," wie Munroe übersetzt, das kann Lucrez nicht sagen wollen, denn eine solche Erklärung kann nach ihm nicht existiren, da er falsche Sinneswahrnehmungen gar nicht kennt.